리어 왕

리어 왕

King Lear

윌리엄 셰익스피어 희곡 박우수 옮김

KING LEAR
by WILLIAM SHAKESPEARE (1608)

이 책은 실로 꿰매어 제본하는 정통적인 사철 방식으로 만들어졌습니다.
사철 방식으로 제본된 책은 오랫동안 보관해도 손상되지 않습니다.

등장인물

리어 브리튼의 왕

프랑스 왕

버건디 공작

콘월 공작 리건의 남편

올버니 공작 고너릴의 남편

켄트 백작

글로스터 백작

에드가 글로스터 백작의 장남

에드먼드 글로스터 백작의 서자, 에드가의 이복동생

큐란 글로스터의 시종

오스월드 고너릴의 집사

노인 글로스터의 소작농

의사

바보광대

에드먼드가 고용한 장교

코딜리어를 시중드는 신사

전령

콘월 백작의 하인

고너릴 리어의 큰딸

리건 리어의 둘째딸

코딜리어 리어의 막내딸

리어의 기사들, 장교들, 전령들, 군인들, 시종들 다수.

제1막

제1장
(리어 왕의 궁전 의전실)

켄트, 글로스터, 에드먼드 등장.

켄트 내 생각엔 왕이 콘월 공작보다 올버니 공작을 더 총애
하는 것 같소.

글로스터 늘 그래 보였지요. 그러나 이제 왕국을 분할하는
일에 있어서는 국왕께서 두 공작 가운데 누구를 더 귀
하게 생각하시는지 정말 모르겠소. 두 분 모두 자질이   5
출중해서 암만해도 자웅을 겨룰 수가 없을 지경이니 말
이오.

켄트 이자가 경의 아들이오?

글로스터 그가 태어난 것이 내 책임이긴 하지요. 그놈을 내
자식이라 인정하느라 얼굴을 너무 붉혔더니 이제 내가   10
아주 뻔뻔해졌소이다.

켄트 무슨 소린지 이해할 수 없구려.

글로스터 이놈의 어미는 할 수 있었죠.[1] 그 때문에 배가 잔뜩 불러서는, 남편을 침실로 맞아들이기도 전에 아들부터 요람에 들어앉혔지 뭡니까. 뭔가 잘못된 것 같지 않소 15 이까?

켄트 아들이 저렇게 멀쩡한 걸 보니 뭔가 잘못되길 잘한 것 같소이다.

글로스터 그렇지만 아들이 하나 더 있소. 이놈보다 한 살쯤 더 먹은 적자죠. 적자라고 내가 이놈보다 그놈을 더 귀 20 히 여기는 것은 아니지만 말이오. 사실 이놈이 부르기도 전에 건방지게 세상에 나오긴 했지만, 이놈 어미는 미인 이었지요. 이놈을 만드느라 재미를 좀 보았으니 비록 서 자라도 인정을 해주어야겠지요. 에드먼드, 이 어른이 누 구신지 알아보겠느냐? 25

에드먼드 모르겠나이다.

글로스터 켄트 공이시니라. 앞으로는 아버지의 귀한 친구로 기억해 둬라.

에드먼드 알아 모시겠나이다.

켄트 아껴 줄 테니 더욱 잘 알고 지내세. 30

에드먼드 어르신 기대를 저버리지 않도록 하겠습니다.

글로스터 저놈은 아홉 해나 외국에 나가 있었지요. 곧 다시 나가게 될 거요. 왕이 오시는군요.

1 영어의 〈이해하다conceive〉는 단어가 〈임신하다〉라는 의미 또한 가지고 있 는 데서 비롯한 말장난이다.

나팔 소리.

왕관을 든 시종, 리어 왕, 콘월, 올버니,

고너릴, 리건, 코딜리어, 신하들 등장.

리어 글로스터 경, 프랑스 왕과 버건디 공작을 모셔 오시오.

글로스터 폐하, 분부대로 하겠나이다.   35

　　　　　　　　　　　　(글로스터와 에드먼드 퇴장)

리어 그사이, 짐은 숨겨 둔 의중을 말하겠소.

　저 지도를 주시오. 짐은 왕국을 삼등분했소.

　짐의 굳은 뜻은, 노년의 근심과 국사는 떨쳐 버리고

　이를 젊은이들에게 물려줌으로써

　홀가분하게 무덤을 향해 기어가는 것이오.   40

　짐의 사위 콘월과 마찬가지로 사랑하는 짐의 사위,

　그대 올버니 경은 들으시오.

　짐은 이 순간 확고한 뜻을 가지고 딸들의 상속금을

　각각 공표하노니 앞으로 분쟁이 없도록 하시오.

　과인의 막내딸의 사랑을 차지하기 위해 겨루는   45

　프랑스 왕과 버건디 공작께서도, 오랫동안 구혼을 위해

　짐의 궁전에 머물렀으니 이제 곧 답을 듣게 될 것이오.

　이제 과인은 통치권과 영토의 소유권,

　국사의 근심거리들을 모두 벗어 버릴 생각이니

　딸들아, 나에게 말해 다오. 너희들 중 누가   50

　과인을 가장 사랑한다고 말할 수 있겠느냐?

　자식 된 도리와 효심을 지닌 자가

짐의 가장 넓은 영토를 차지하게 될 것이니라.

고너릴, 네가 큰딸이니 먼저 말하여라.

고너릴 말로 할 수 있는 이상으로 아바마마를 사랑합니다. ₅₅

시각과 드넓은 자유보다 소중하고

진귀하고 값나가는 것보다 더하며

행복과 건강과 미와 영예를 지닌 목숨보다 덜하지 않고

여태껏 자식이 사랑한 만큼, 아니 그런 아비가 있었던 만큼,

숨결을 빈한하게 하고 말을 부적절하게 하는 그런 사랑. ₆₀

이 모든 비유로 다 할 수 없을 정도로 사랑합니다.

코딜리어 (방백) 코딜리어는 뭐라고 하지? 사랑하고 침묵할 뿐.

리어 울창한 숲과 비옥한 벌판,

넉넉한 강과 드넓은 초지를 가진

이곳에서 이곳까지 이르는 영토를 그대에게 주노라. ₆₅

그대와 올버니의 자식들이 이 땅의 영원한 주인이 되리라.

그러면 그대, 짐의 둘째 딸,

콘월의 부인은 뭐라고 말하겠느냐?

리건 언니와 생각이 같사오니

언니의 말 그대로입니다. ₇₀

진심으로 그 말이 제 사랑을 표현하고 있습니다.

다만 제 사랑에 미치지 못하는군요. 말씀드리건대,

가장 소중하고 완전한 감각이 가져다주는

다른 모든 기쁨마저 적대시하며

저는 폐하에 대한 사랑 안에서만 ₇₅

유일하게 행복할 따름입니다.

코딜리어   (방백) 그렇담, 불쌍한 코딜리어!

그러나 가난하지는 않지.

확실히 내 사랑은 내 혀보다 값나가니까.

리어   고너릴의 것보다 넓이와 가치와 소출이 덜하지 않은

짐의 아름다운 왕국의 드넓은 3분의 1이   80

그대와 그대 자손의 영원한 유산이 되리라.

자, 이제, 너의 젊은 사랑을 얻기 위해

프랑스의 포도나무와 버건디의 우유가 뒤엉켜 있는,

체구는 가장 작지만 짐의 기쁨인 막내야,

네 언니들보다 더 풍만한 3분의 1을 차지하기 위해   85

넌 무슨 말을 하려느냐? 말해 보아라.

코딜리어   없습니다, 아바마마.

리어   없다니?

코딜리어   없습니다.

리어   없으면 아무 것도 없느니라. 다시 말해 보아라.   90

코딜리어   저의 가슴을 혀끝에 얹을 수 없으니

불행할 따름이옵니다. 자식 된 도리로 폐하를

사랑합니다. 그 이상도 이하도 아닙니다.

리어   어떻게, 어떻게 된 거냐, 코딜리어! 고쳐 말해 보아라.

네 행운을 망치지 않도록.

코딜리어   선하신 아바마마,   95

아바마마는 저를 낳으시고, 기르시고 사랑해 주셨습니다.

저도 이 빚을 고스란히 되갚아 드리며,

아바마마를 순종하고 사랑하고 더없이 존경합니다.

아바마마만을 온전하게 사랑한다고 말하면서
언니들은 왜 결혼을 했죠? 만약 제가 결혼한다면   100
저의 서약을 받아들이는 그분이
제 사랑과 관심과 의무의 절반을 가져가게 될 터.
아바마마만을 온전하게 사랑하기 위해
저는 정녕 언니들처럼 결혼하지 않겠습니다.

리어   그 말이 진심이렸다?

코딜리어   그렇습니다, 폐하.   105

리어   이렇게 어린 것이 이처럼 모질단 말이냐?

코딜리어   폐하, 어린 만큼 진실됩니다.

리어   마음대로 하려무나.
그렇담 너의 진실이 너의 지참금이 될 것이다.
성스러운 태양 빛과   110
헤카테 여신과 밤의 은밀한 의식과
인간의 생사를 좌우하는 천계의 운행에 맹세코,
이제 아비로서의 부정과 혈육의 인연을 모두 끊고
지금부터 영원토록
너와 나는 서로 남남이 될 것이다.   115
차라리 야만스러운 스키타이 사람,
아니, 식욕을 채우기 위해 자식을 잡아먹는 그런 자를
조금 전까지만 해도 내 딸이었던 너만큼
내 가슴에 가까이하고
동정하며 도와주겠다.

켄트   폐하 —   120

16

리어 조용히 하라, 켄트! 성난 용들 사이에 끼어들지 마라.

과인은 그 애를 가장 사랑했고

그 애의 따뜻한 보살핌에 말년을 맡길 생각이었다.

내 눈앞에서 썩 사라져 버려라!

이제 저 애와 아비의 인연을 끊으니   125

내 무덤이 내 안식이 되리라!

프랑스 왕을 불러라. 뭣들 하느냐?

버건디 공작을 불러라. 콘월과 올버니 공작,

두 딸의 몫과 더불어 셋째의 몫도 나눠 가지시오.

저 애는 솔직함이라 부르는 자만심과 결혼하게 놔두고   130

그대 두 사람에게 과인은 왕권과 으뜸가는 지위와

왕권에 수반되는 모든 권리를 부여하겠소.

짐은 그대들이 먹여 살릴 1백 명의 기사들만을 보유한 채

한 달씩 번갈아 그대들 집에 머물겠소.

짐은 단지 왕의 이름과   135

그에 걸맞은 직분만을 간직하겠소.

통치와 세수와 나머지 것들의 집행은, 사랑하는 사위들,

그대들 몫이오. 이 언약을 확실히 하도록 그대 둘이서

이 왕관을 나눠 가지시오.

켄트   나의 군왕으로 지금껏 모셔 왔고,

아버지처럼 사랑하고 주인으로 따랐으며   140

기도할 때마다 나의 위대한 후견인으로 마음에 새겼던

리어 왕이시여 —

리어 활시위를 당겼으니 화살을 피하라.

켄트 화살촉이 제 가슴에 박히더라도 차라리 쏘십시오.

리어가 미치면 켄트는 예의를 잊겠습니다. 145

노인장, 어찌하려 하십니까? 권력이 아첨에 머리 숙일 때

신하 된 도리로서 직언을 겁낼 거라 생각하십니까?

왕권이 어리석음에 떨어질 때

명예는 정직에 묶여 있는 법입니다. 왕국을 보존하소서.

다시 한 번 숙고하셔서 이 끔찍한 경거망동을 멈추소서. 150

목숨을 걸고 말씀드리지만 폐하의 막내딸이

폐하를 가장 덜 사랑하는 것이 아닙니다.

낮은 소리에 울림이 없다고 가슴이 빈 것은

아닙니다.

리어   켄트, 살고 싶거든 그만하라.

켄트 제 목숨은 폐하의 적들에 맞설 담보물 정도밖에 155

안 됩니다. 폐하의 안전을 위하는 일이라면

목숨 따위 아깝지 않습니다.

리어   내 눈앞에서 꺼져라!

켄트 리어여, 더욱 잘 살피시고, 저로 하여금 영원히

폐하의 흰 눈동자로 남도록 허락하여 주소서.

리어 아폴로 신께 맹세코 —

켄트   아폴로 신께 맹세코 폐하는 160

신들께 헛된 맹세를 하고 있습니다.

리어   빌어먹을 놈! 이 악당!

                    (칼의 손잡이를 잡는다)

올버니, 콘월 폐하, 고정하소서.

켄트   폐하의 의사를 죽이시고 그 대가를
더러운 병에게 지불하소서. 증여를 거두소서.
아니하시면 이 목구멍에서 소리를 낼 수 있는 한,   165
폐하가 악을 행하고 있다고 떠들겠나이다.

리어   이 배신자야,
감히 짐의 언약을 파기하도록 꾀하고,
주제넘게 자만심에 차서
짐의 선고와 집행 사이에 끼어들다니.
이는 짐의 천성으로 보나 위치로 보나 용서 못 할 일이니   170
짐의 권력이 살아 있음을 증명하기 위해서라도
그 대가를 받아라.
세상 재앙으로부터 그대를 보호하도록
짐은 닷새의 여유를 그대에게 주겠다.
엿새째 되는 날 그대의 보기 싫은 등을   175
짐의 왕국에서 돌려라. 다음 열흘째 되는 날
짐의 영토에서 그대의 추방된 몸뚱이가 발견된다면
그 순간이 너의 제삿날이 되리라. 꺼져라!
주피터께 맹세코 이 말을 번복하지 않을 것이다.

켄트   왕이시여, 안녕히 계십시오. 폐하가 그러하시다면   180
자유는 이곳 밖에 있고, 이곳에는 추방이 있을 뿐이군요.
(코딜리어에게) 아가씨, 온당하게 생각하고 올바르게 말한
그대에게 신들의 가호가 깃들기를!
(고너릴과 리건에게) 그대들의 과언이 행동으로 증명되어
사랑의 언어로부터 좋은 결실을 맺기를.   185

아, 제후들이시여! 이렇게 켄트는 모두에게 작별을 고합니다.
새로운 나라에서 그는 옛 습성을 지켜 나가겠습니다.

(퇴장)

나팔 소리. 글로스터가 프랑스 왕, 버건디 공작,
시종들과 함께 다시 등장.

글로스터 폐하, 프랑스 왕과 버건디 공작이 도착했습니다.

리어 버건디 공, 과인의 딸을 얻기 위하여
이 프랑스 왕과 경합해 온 그대에게 먼저 말하겠소. 190
그대는 딸의 즉각적인 지참금으로
최소 얼마를 요구하겠소?
아니면 혹시 구애를 그만두시겠소?

버건디   폐하,
폐하께서 제시하셨던 만큼을 바랄 뿐입니다.
그 이하로는 주시지 않으시겠지요.

리어   훌륭하신 버건디 공, 195
딸이 과인에게 사랑스러웠을 땐 그럴 생각이었소.
그러나 이제 딸의 가치는 떨어졌소.
공작, 딸아이가 저기 있구려. 짐을 더없이 불쾌하게 하는
저기 꼴 보기 싫은 저 몸뚱이의 일부라도, 아니 전부라도
경의 마음에 든다면 저기 서 있으니 데려가시오. 200
그 이상은 아무것도 없소.

버건디   뭐라 해야 할지 모르겠나이다.

리어 친구도 없고, 이젠 내 증오의 대상이 되어

과인의 저주를 지참금으로 받고

부녀의 인연을 끊은 저애를

공은 데려가겠소, 놔두겠소?

버건디   폐하, 용서하소서.   205

이런 조건으로는 결심을 할 수가 없나이다.

리어 그렇다면 놔두시오. 조물주께 맹세코 그녀의 전 재산은

내 말 그대로요. (프랑스 왕에게) 프랑스 왕께 말하자면,

귀공이 과인이 증오하는 자와 혼인하길 바랄 정도로

귀공에 대한 과인의 사랑이 빗나가지는 않았습니다.   210

그러니 원컨대 어머니인 자연마저도

자기 자식이라 인정하기를 부끄러워할 그런 망나니보다는

더 참한 색싯감을 찾으소서.

프랑스 왕   이해할 수 없는 일이군요.

조금 전까지만 해도 왕께서 애지중지하며

칭찬을 아끼지 않고 노년의 위안으로 삼으시던   215

가장 사랑스러운 최고의 따님이 눈 깜짝할 사이에

총애라는 겹겹의 누비옷을 벗어 버릴 정도로

그렇게 끔찍한 일을 저질렀다는 사실이 말입니다.

분명 그녀의 죄는 괴물이나 저지를 끔찍한 것이겠군요.

아니면 폐하의 사랑이 식었든지요.   220

따님이 그런 끔찍한 일을 저질렀다니,

저의 이성적인 판단으로는

도저히 믿을 수 없는 불가사의한 일입니다.

코딜리어 소자 뜻한 바를

말하기 이전에 행하려 할 뿐

마음에도 없는 말을 하는 번지르르한 기술은 없습니다. 225

폐하의 은혜와 사랑을 저버린 것은

그런 혀와 추파를 던지는 눈을 갖고 싶지 않아서이지,

사악한 결함이나 살인이나 부정이나

음탕한 행동이나 명예롭지 못한 행실이 아님을

부디 밝혀 주소서 230

비록 그로 인해 폐하의 총애를 잃었지만

오히려 갖지 못한 제가

더 부자입니다.

리어 짐의 기쁨을 더하지 못했으니

너는 태어나지 않았음이 좋았을 것이다.

프랑스 왕 단지 그 때문입니까? 235

행하고자 하는 것을 종종 말하지 않고 남겨 놓는

타고난 과묵함 때문입니까?

버건디 공, 공주를 데려가시겠습니까?

본질과 동떨어진 이해와 섞이게 되면

사랑은 사랑이 아닙니다. 데려가시겠습니까? 240

그녀 자신이 지참금입니다.

버건디 폐하,

폐하께서 제의하신 몫만 주시면

지금 바로 코딜리어 공주의 손을 붙잡고

버건디 공작 부인으로 택하겠나이다.

리어 한 푼도 아니 되오. 맹세했으니 내 마음 변함없소. 245

버건디 그렇다면 유감스럽게도 공주님은
아버지를 잃었듯 남편감도 잃게 되는군요.

코딜리어   버건디 공, 잘 가십시오!
그의 사랑은 지위와 재산 때문이니
저도 그의 아내가 되지 않겠습니다.

프랑스 왕 가난하기에 가장 부자인, 아름다운 코딜리어여! 250
버림받기에 가장 귀하고, 경멸받기에 가장 사랑스러운 이여!
그대와 그대의 미덕을 내가 지금 갖겠소.
버려진 것을 줍는 것이 적법한 일이길.
신이시여, 신이시여! 신들의 차가운 냉대에서
나의 사랑이 불타오르다니 이상한 일이군요. 255
왕이시여, 지참금 없이 제 몫으로 던져진 따님은
나의, 내 백성들의, 내 아름다운 프랑스의 왕비입니다.
습한 버건디의 온갖 공작들 재산을 다 합쳐도
부당하게 평가된 이 소중한 처녀를 살 수는 없을 겁니다.
무정한 저들에게 작별을 고하시오, 코딜리어. 260
더 좋은 곳을 찾기 위해서 그대는 이곳을 잃을 뿐이오.

리어 프랑스 왕이시여, 그녀를 데려가십시오.
과인은 그런 딸을 둔 적 없으며
그 얼굴 다시 볼 일 없을 것이니 가져가십시오.
짐의 기도나 사랑, 축복도 기다릴 필요 없이 265
어서 가십시오. 버건디 공, 자, 갑시다.

　　(나팔 소리. 리어, 버건디, 콘월, 올버니, 글로스터, 시종들 퇴장)

프랑스 왕 언니들에게 작별 인사를 하시오.

코딜리어 아버지의 보석들인 언니들에게

코딜리어가 눈물로 작별을 고합니다.

언니들이 어떤 사람인지는 알지요. 그래도 동생이니 270

언니들의 결점을 낱낱이 열거하기는 싫어요.

아버지를 잘 부탁해요.

사랑한다 말한 언니들의 가슴에 아버지를 맡깁니다.

그렇지만, 아! 내가 만약 아버지와 사이가 좋다면

더 좋은 곳에 아버지를 맡길 텐데. 둘 다 안녕히 계세요. 275

리건 우리 일을 훈계하지 마라.

고너릴   동냥으로 너를 받아 준

너의 남편을 즐겁게 해줄 궁리나 해라.

아버지께 불복종했으니

네가 자초한 궁핍을 겪어도 싸지.

코딜리어 시간이 지나면 꽁꽁 싸맨 간계가 드러날 거예요. 280

결함을 감싸 놓은 시간은 결국 치욕의 비웃음을 가져오죠.

잘들 사시길!

프랑스 왕   아름다운 코딜리어, 갑시다.

(프랑스 왕과 코딜리어 퇴장)

고너릴 애, 나 좀 보자. 우리와 아주 밀접한 관계가 있는 일

에 대해서 얘기 좀 해야겠어. 내 생각에 아버지가 오늘 밤

에 이곳을 나설 것 같아. 285

리건 틀림없이 언니 집으로 가실 거야. 다음 달에는 우리 집

으로 오시겠지.

고너릴 이미 충분히 목격해서 너도 알고 있겠지만, 아버지 연세쯤 되면 변덕이 얼마나 심해지는지 몰라. 아버지는 항상 막내를 가장 사랑하셨지. 그렇게 사랑하던 막내를 290 지금 얼마나 무분별하게 내치셨는지만 봐도 너무나 분 명하게 드러나잖아.

리건 망령이 드신 거야. 하긴, 아버지는 지금껏 스스로의 처 지를 알아차린 적이 없었지.

고너릴 한창때 가장 멀쩡하실 때도 그놈의 성격이 늘 불같 295 았지. 이제 늙기까지 하신 마당에, 오랫동안 뿌리내려 온 그 성격뿐만 아니라 노년의 변덕과 성마름에서 오는 결함은 또 오죽하겠어? 우리는 이제 그런 것들을 겪을 대비를 해야만 해.

리건 켄트를 추방시킨 것과 같은 그러한 변덕스러운 발작을 300 우리도 겪게 되겠지.

고너릴 프랑스 왕과 아버지 사이에 작별 의식이 아직 더 남 아 있는 모양이야. 리건, 제발 우리 힘을 합치자. 만일 아버지가 지금 같은 마음가짐으로 권력을 휘두른다면, 방금 전에 우리가 양도받은 권력도 단지 우리를 더 힘들 305 게만 할 테니까.

리건 이 일은 더 곰곰이 생각해 보자고.

고너릴 지체 없이 무슨 조치를 취해야만 해.   (퇴장)

제2장
(글로스터 백작의 성)

에드먼드가 편지를 들고 등장.

에드먼드   그대 자연은 나의 여신이니

그대의 법을 나는 섬기오.

왜 내가 염병할 관습에 얽매여

형보다 열두 달 혹은 열네 달 늦게 태어났다는 이유로

까다로운 사회법에 따라 내 권리를 빼앗긴단 말인가?   5

어째서 서자이고, 어째서 비천하단 말인가?

어느 정숙한 부인의 자식만큼이나 내 체구 늠름하고

내 정신 용감하고 허우대 멀쩡한데도

왜 사람들은 우리를 천출이라 낙인찍는가?

천하다고, 서자라고, 비천하다고, 비천하다고.   10

지루하고 닳아빠지고 지친 침실에서 비몽사몽간에 잉태된

한 무리의 얼간이들보다,

몰래 하는 오입의 왕성함 가운데서 난 서자야말로

훨씬 기운차고 잘 빠졌는데도.

자, 그렇다면 적자인 에드가여,   15

네 땅을 내가 차지해야겠어.

아버지는 서자인 에드먼드도 적자만큼이나 사랑하시지.

〈적자〉라, 좋은 말이군!

자, 나의 적자여, 이 편지가 성공하고 내 꾀가 통한다면

서자 에드먼드가 적자의 자리에 오를 것이다. 20

나는 자라고 번성할 거야.

자, 신들이여, 서자들을 도우소서!

글로스터 등장.

글로스터 켄트가 추방되다니! 프랑스 왕은 화나서 가버리고!

왕은 지난밤에 궁을 떠났지. 왕권의 행사뿐 아니라

용돈마저 제한을 받다니! 이 모든 일들이 순식간이었어! 25

에드먼드, 어쩐 일이냐? 무슨 소식이라도 있느냐?

에드먼드 아버님, 별일 없습니다.   (편지를 집어넣는다)

글로스터 왜 그렇게 열심히 편지를 감추려 하느냐?

에드먼드 특별한 일은 아닙니다, 아버지.

글로스터 무슨 편지를 읽고 있었느냐? 30

에드먼드 아무것도 아닙니다.

글로스터 아무것도 아니라고? 그렇다면 그렇게 서둘러 주머

니에 감출 필요가 뭐 있었단 말이냐? 아무것도 아니라

면 감출 이유가 없을 텐데. 어디 보자. 아무것도 아니라

니 돋보기는 필요 없겠지. 35

에드먼드 아버지, 바라옵건대 용서해 주십시오. 형이 보낸

편지인데 저도 아직 다 읽지 못했습니다. 지금까지의 내

용으로 미루어 보아, 아버님께서 살펴보시기에 적당한

것이 아니옵니다.

글로스터 편지를 이리 줘봐라. 40

에드먼드 드려도 죄를 짓게 되고, 안 드려도 죄를 짓게 될 것
　　　같습니다. 제가 부분적으로 읽어 본 바로는 비난받아
　　　마땅한 내용입니다.

글로스터 보자, 보잔 말이다.

에드먼드 형의 입장에서 말씀드리자면, 그냥 시험 삼아, 혹　45
　　　은 저의 미덕을 시험하기 위해 이 편지를 쓴 듯합니다.

글로스터 (읽는다) 나이를 존중하는 이놈의 책략이 우리들
　　　의 호시절을 망쳐 버리고, 늙어서 쓸 수 없을 때에야 유
　　　산을 물려받게 하는구나. 늙은 폭군의 압제가 우리를 다
　　　스릴 수 있는 건 힘이 있어서가 아니라 우리가 참아 주　50
　　　기 때문이다. 이건 부질없고 바보 같은 속박일 뿐이야.
　　　얘기를 좀 더 해줄 테니 내게 오너라. 내가 깨워 드릴 때
　　　까지 아버지가 주무신다면, 아버지 수입의 절반은 영원
　　　히 네 몫이 되고 넌 형의 사랑을 받으며 살게 될 것이다.
　　　에드가 — 흠! 음모구나! 〈깨워 드릴 때까지 주무신다　55
　　　면, 아버지 수입의 절반은 네 몫이다〉라고? 아들놈 에드
　　　가가! 그래 제 손으로 이걸 쓰고 이런 얘기를 만들어 낼
　　　심장과 머리를 가졌단 말이지? 언제 이 편지를 손에 넣
　　　게 되었느냐? 누가 가져왔더냐?

에드먼드 누가 가져온 것이 아닙니다, 아버님. 누군가 간교　60
　　　한 짓을 한 모양입니다. 제 서재의 창틈 사이로 던져 놓
　　　은 것을 제가 발견했지요.

글로스터 필체가 너의 형 것이지?

에드먼드 내용이 좋다면야 형의 필체라고 감히 단언드리겠

습니다만, 편지의 내용을 보고 나니 형의 필체가 아니었 ₆₅
으면 싶군요.

글로스터 틀림없어.

에드먼드 필적은 맞습니다만, 진심이 담긴 것은 아니기를
바랄 뿐입니다.

글로스터 이 일과 관련하여 그놈이 너를 떠본 적은 없느냐? ₇₀

에드먼드 전혀 없습니다. 아들이 성인이 되고 아버지가 연로
해지면 아버지가 아들의 보호를 받고 아들이 아버지의
수입을 관리하는 것이 맞는다고 주장하는 것을 들은 적
은 있지만요.

글로스터 이런 빌어먹을 놈, 이 악당 같은 놈! 그 생각이 바 ₇₅
로 편지에 적혀 있구나! 끔찍한 놈이 아닌가! 천하에 몹
쓸, 짐승 같은 놈! 에드먼드, 어서 가라. 가서 그 놈을 찾
아라. 내 이놈을 잡아내야겠다. 흉악한 놈 같으니! 그놈
이 어디 있느냐?

에드먼드 저는 잘 모르겠습니다. 아버님, 제가 생각하기에 ₈₀
는, 형의 뜻을 직접 들어 보시기 전까지는 일단 화를 푸
시고 진정하시는 것이 올바른 길이 아닌가 싶습니다. 모
든 일에는 순서가 있는 법입니다. 혹시라도 형의 뜻을
잘못 아시고 이렇게 과격하게 형을 쫓으시다가 자칫 아
버님 자신의 명성에 큰 누가 되고 효성스러운 형의 마음 ₈₅
을 산산이 조각내 놓게 된다면, 그땐 어떻게 하시려고
이러십니까? 제 목숨을 걸고 감히 맹세드리건대, 형은
아버님에 대한 제 사랑을 시험해 보기 위해서 이 편지를

쓴 것이 틀림없습니다. 단언컨대 다른 위험한 의도는 없
을 것입니다.   90

글로스터 네 생각은 그렇단 말이지?

에드먼드 아버님만 괜찮다고 생각하시면, 형과 제가 이 문제
에 대해 얘기하는 것을 엿듣도록 해드리겠습니다. 아버
님께서는 직접 들어 보시고 사실을 확인하십시오. 더 이
상 지체 않고 바로 오늘 저녁에 그런 자리를 만들어 보   95
도록 하겠습니다.

글로스터 그놈이 그런 악마일 리가 없다.

에드먼드 정녕 그럴 리가 없지요.

글로스터 자신을 이렇게도 끔찍하게 사랑하는 아비에게 말
이다. 아, 천지신명이시여! 에드먼드, 그놈을 찾아 봐라.   100
부탁하건대, 네 지혜로 그놈을 꾀어 요령껏 일을 도모해
봐라. 체면 불고하고 숨어서라도 그놈의 본심을 알고 싶
구나.

에드먼드 예, 곧 형님을 찾아 보겠습니다. 방법을 생각해 보
고 좋은 수가 생기는 대로 일을 꾸민 다음 아버님께 알   105
려 드리겠습니다.

글로스터 최근 들어 일식과 월식이 자주 있는 것을 보니 조
짐이 좋지 않구나. 자연 과학자들이 이를 두고 이러니
저러니 설명을 하긴 하지만 잇따르는 필연적인 결과 때
문에 자연은 큰 고통을 당하는 법이지. 사랑은 식어지   110
고, 우정도 금이 가며, 형제간에 분열이 일어난다. 도시
에서는 반란이 들끓고 시골에서는 불화가 생기며 궁정

에서는 반역이 일어나지. 그리고 결국에는 부자간에 금이 가는 거야. 이 악당 같은 내 아들놈에게도 이 조짐이 들어맞는 게지. 아들이 아버지에게 대들고, 왕이 천륜을 저버리고, 아버지가 자식에게 맞서는구나. 좋은 시절은 다 살았다. 계략과 사특함과 모반과 온갖 파괴적인 무질서가 시끄럽게 우리 모두를 무덤으로 몰고 가는구나. 에드먼드, 너는 반드시 이 악당을 찾아내라. 이것으로 너에게 손해가 생기는 일은 없을 것이다. 부디 조심해라. 그 훌륭하고 진실된 켄트가 추방되다니! 그에게 죄가 있다면 그건 정직함뿐인데! 정말이지 알 수 없는 일이야. (퇴장)

에드먼드 흔히 자기 자신이 저지른 행동의 나쁜 결과로 인하여 불운을 겪게 되는 경우에, 세상의 바보들은 그 재앙을 해와 달과 별의 탓으로 돌리는 법이지. 마치 우리가 어쩔 수 없는 작용에 의해서 악당이 되고, 천계의 강제적인 힘으로 인해서 바보가 되고, 별자리의 지배를 받아 악당이 되고 도둑이 되고 반역자가 되며, 항성들의 필연적인 영향을 받아서 주정꾼이나 사기꾼이나 간음범이 되고, 초월적인 힘으로 인하여 우리가 처한 모든 악한 상황들이 존재하는 듯 말이야. 이것은 색마가 자기 스스로의 호색적인 기질을 별의 강력한 영향 탓으로 돌리는 것과 마찬가지로 기가 막힌 기피술이지! 내 아버지가 내 어머니와 더불어 용 꼬리 성좌 아래에서[2] 합방을 했

115

120

125

130

135

2 사악한 기운을 받았다는 의미.

고, 그 결과로 나는 큰곰자리에서 태어났다. 그것 때문에 내가 거칠고 호색한이라고? 에라! 엿이나 먹어라! 내가 서자로 태어나던 순간 창공의 가장 정숙한 별자리가 반짝였다 하더라도 나는 변함없이 지금의 내가 되었을 것이야. 140

에드가 등장.

옛 희극의 결말처럼 마침 에드가가 저기 오는군. 베들레헴의[3] 거지 톰처럼, 나의 역할은 아주 우울한 척하는 거야. 아! 이들 일식과 월식이 정말로 이런 갈등을 예견하는구나. 파, 솔, 라, 미.[4]

에드가 에드먼드, 무슨 일이냐? 무슨 생각을 그렇게 골똘하 145
게 하고 있지?

에드먼드 요전 날 읽었던 이들 일식과 월식의 결과에 대한
예언에 대해서 생각하는 중입니다.

에드가 그런 것에 신경을 쓴단 말이냐?

에드먼드 말씀드리자면, 그 예언의 결과로 나타나는 것은 150
온통 불행한 일들뿐입니다. 부모 자식 간에 인륜이 끊어
지고, 죽음과 기근이 오며, 오랜 우정이 파탄 나고, 왕국
에는 분란이 있고, 왕과 귀족들은 위협과 저주를 받습니
다. 불필요한 의심이 횡행하는 가운데 친구가 추방되고,

3 정신병자나 거지들을 수용한 구민원의 이름이다.
4 이 문장의 〈갈등divisions〉이라는 말은 음악에서 음계 구분의 의미도 갖는다.

군대가 흩어지는가 하면 결혼이 깨지는 등등의 수다한 ₁₅₅ 일들이 생깁니다.

에드가 언제부터 점성술을 믿어 왔느냐?

에드먼드 아버지를 마지막으로 뵌 것이 언제입니까?

에드가 간밤에.

에드먼드 아버지와 말씀을 나누었습니까? ₁₆₀

에드가 그럼, 두 시간 동안이나.

에드먼드 기분 좋게 헤어지셨습니까? 말씀이나 안색에 뭐 불쾌해하시는 낌새는 없었습니까?

에드가 전혀.

에드먼드 형님, 혹시 아버님 기분을 상하게 한 일은 없었는 ₁₆₅ 지 부디 잘 생각해 보십시오. 그리고 시간이 흘러 아버지의 화가 좀 식게 될 때까지는 제발 아버지의 눈앞에 나타나지 마시고 말입니다. 지금 아버지께서는 너무 불같이 화를 내고 계셔서 형을 때리는 정도로는 진정될 기세가 아닙니다. ₁₇₀

에드가 어떤 빌어먹을 놈이 나를 모함했구나.

에드먼드 그런 것 같습니다. 아버지의 분노가 누그러들 때까지는 제발 자제하고 나타나지 마세요. 저랑 같이 제숙소로 가시죠. 적절한 때에 그곳에서 아버지가 말씀하시는 것을 엿듣게 해드리겠습니다. 자, 어서 가시죠. 여 ₁₇₅ 기 열쇠가 있습니다. 혹시 외출을 하시려거든 무장하는 걸 잊지 마시고요.

에드가 무장을 하라고?

에드먼드 형님, 최상의 대비를 하시라는 거죠. 지금은 형님
에 대한 악의가 만연해 있으니까요. 저는 단지 보고 들 180
은 바를 말씀드리는 것뿐입니다. 그러나 이것도 그 끔찍
한 실상에는 전혀 미치지 못하는 변죽에 불과할 따름이
지요. 자, 어서 가시지요.

에드가 곧 다시 연락을 주겠느냐?

에드먼드 이 일에 있어서 성심껏 형을 돕겠습니다. 185

(에드가 퇴장)

귀 얇은 아버지에, 악행과는 거리가 멀어
아무도 의심하지 않는 고상한 형이구나.
그 바보 같은 정직함 때문에 내 음모가 잘도 통한다!
할 일이 눈에 보이는군.
출생으로 안 된다면 머리로 땅을 차지해야지. 190
목적을 위해서라면 내겐 만사가 다 좋다.　　(퇴장)

제3장
(올버니 공작의 궁전 방 안)

고너릴과 그녀의 집사 오스월드 등장.

고너릴 자기의 바보광대를 꾸짖었다는 이유로 아버지가 내
신하를 때렸단 말이지?

오스월드 그렇습니다, 마님.

고너릴 천지신명께 맹세코 나를 못살게 하는군.

시도 때도 없이 이런저런 사고를 쳐서   5

모두의 정신을 빼놓잖아. 정말 참을 수가 없어.

기사들은 소란을 일으키고, 아버지는 사사건건

우리를 나무라신단 말이지. 사냥에서 돌아오셔도

아버지와 얘기를 나누지 않겠다. 내가 아프다고 해라.

너도 전보다 그분을 소홀히 보살펴 드리는 게 좋을 거야.   10

그 잘못의 책임은 내가 지겠다.

오스월드 마님, 돌아오십니다. 오시는 소리가 들립니다.

                               (무대 안쪽에서 뿔 나팔 소리)

고너릴 너희들 모두 피곤한 척 태만히 굴어라.

이것을 문제 삼으시도록 만들어야겠다.

이게 싫으시다면 동생 집으로 가시라지.   15

누구의 명령도 듣지 않으려 한다는 점에 있어서는

동생이나 나나 한마음이니. 할 일 없는 노인네 같으니.

이미 주어 버린 권력을 행사하려 하다니!

맹세코, 늙은 얼간이들은 다시 어린애가 되는 법.

망상에 빠진 노인네들에겐   20

아첨과 비난을 같이 써야만 하지.

내 말을 명심해라.

오스월드   알겠습니다, 마님.

고너릴 그리고 아버님의 기사들은 무시해라.

그 결과는 신경 쓸 것 없다. 동료들에게도 그렇게 알리고.

이것들을 구실 삼아 얘기를 좀 해야겠다.   25

리건에게도 나와 똑같이 하라고 편지를 써야겠군.
저녁을 준비해라.   (퇴장)

제4장
(같은 방)

변장한 켄트 등장.

켄트 다른 음색을 빌려서 내 말씨까지도
  그럴듯하게 숨길 수만 있다면,
  내 본래 모습을 지워 버린 선한 목적을
  달성할 수가 있을 것 같구나. 자, 추방된 켄트,
  추방된 이 땅에서 열심히 섬긴다면   5
  네가 사랑하는 너의 주인도
  너의 노고를 알아줄 것이다.

무대 안쪽에서 뿔 나팔 소리. 리어, 기사들, 시종들 등장.

리어 단 1초도 지체하지 말고 당장 가서 저녁상을 가져오너
  라. 어서 준비해라.   (시종 한 명 퇴장)
  (켄트에게) 아니! 너는 누구냐?   10
켄트 사람입니다, 어르신.
리어 무슨 일을 하는 사람이냐? 짐에게 무슨 볼일이라도 있

는 것이냐?

켄트   지금 보고 계신 제 모습 그대로입니다. 저를 신뢰해 주시는 분을 위해 봉사하고, 정직한 분을 사랑하고, 현명 15
하고 말수가 없는 분과 교류하고, 하늘의 심판을 두려워
하며, 어쩔 수 없을 경우에만 싸우고, 물고기를 먹지 않
는 사람이지요.

리어   넌 대체 뭐냐?

켄트   정직한 마음을 지닌 사람이요, 왕처럼 가난한 사람입 20
니다.

리어   왕이 왕으로서 가난한 만큼 그대가 백성으로서 가난
하다면 정말로 가난한 셈이군. 그래, 하고 싶은 일이 무
엇이냐?

켄트   섬기는 것입니다. 25

리어   누구를 섬기겠는고?

켄트   어르신을.

리어   과인을 아느냐?

켄트   아닙니다. 그러나 어르신은 제가 주인님이라 부를 만
한 것을 몸가짐 가운데에 지니고 계십니다. 30

리어   그게 무엇인고?

켄트   권위입니다.

리어   무슨 일을 할 수 있느냐?

켄트   영예로운 비밀을 지킬 수 있고, 말을 탈 수 있고, 달릴
수 있으며, 복잡한 이야기는 그르치지만 간단한 전갈을 35
분명하게 전달할 수 있습니다. 평민들이 하기에 적합한

일에 저 역시 소질이 있습니다. 제 최고의 장점은 부지런
함입니다.

리어 몇 살인고?

켄트 노래를 잘한다는 이유로 여인을 사랑할 정도로 젊지   40
도 않고, 무턱대고 여인에 홀릴 만큼 늙지도 않았습니
다. 등에 마흔여덟 해의 세월을 지고 다닙니다.

리어 따라오너라. 앞으로 나를 섬겨라. 저녁을 먹은 후에도
내 마음이 변하지 않는다면 너와 헤어지지 않겠다. 여봐
라, 저녁, 저녁을 가져오너라! 내 어린 바보광대는 어디   45
있지? 거기 너, 가서 바보광대를 이리로 데려오너라.

(시종 한 명 퇴장)

오스월드 등장.

여봐라. 너, 너 말이다. 딸아이는 어디 있느냐?

오스월드 글쎄요 ―   (퇴장)

리어 저 녀석이 뭐라고 하는 거냐? 가서 저 얼간이를 다시
불러오너라.   (기사 한 명 퇴장)   50
여봐라, 내 바보광대는 어디 있는 거냐? 세상이 다 잠든 것
같구나.

기사 다시 등장.

어찌 됐느냐? 그 개자식은 어디 있느냐?

기사 폐하, 그자 말로는 따님이 몸이 좋지 않다 합니다.

리어 과인이 불렀는데도 그 녀석은 왜 돌아오지 않는단 말   55
이냐?

기사 폐하. 그는 오지 않겠답니다. 아주 퉁명스러운 태도였
습니다.

리어 오지 않겠다고?

기사 폐하, 대체 어찌 된 영문인지는 저도 도무지 모르겠습   60
니다만, 제가 판단하기로는 폐하께서 전과 같은 애정 어
린 환대를 받지 못하고 계신 것 같사옵니다. 공작도 그
러하고, 폐하의 따님도 그러하며, 종복들 역시 마찬가지
입니다. 모두 하나같이 예전보다 훨씬 불손해진 것 같아
보입니다.   65

리어 하! 그렇단 말이지?

기사 폐하, 제가 잘못 본 것이라면 용서하십시오. 그러나 폐
하께서 홀대받는다고 생각하면서도 신하 된 도리로 입
을 다물 수는 없나이다.

리어 아니, 그대는 단지 과인의 생각을 환기시켜 준 것일 뿐   70
이다. 과인도 요즘 어렴풋이 약간의 소홀함을 느끼고 있
었다. 그렇지만 진실로 불손하게 굴려는 의도라고 생각
하기보다는 그저 과인의 지나친 기우와 의심 탓으로 돌
렸었다. 그러나 이제는 이 문제에 대해 조금 더 알아봐
야겠다. 바보광대는 어디 있느냐? 최근 이틀 동안 통 보   75
지를 못했구나.

기사 폐하, 막내 따님이 프랑스로 가신 이래로 바보광대가

무척 여위었습니다.

리어 그 얘기는 그만해라. 과인도 익히 보았다. 거기, 누가
딸에게 가서 과인이 할 얘기가 있다고 전해라. ⁸⁰

(시종 한 명 퇴장)

넌 가서 바보광대를 이리로 불러오너라. (시종 한 명 퇴장)

오스월드 다시 등장.

그래, 너, 너 이리 오너라.
과인이 누구인고?

오스월드 제 마님의 부친입니다.

리어 〈제 마님의 부친입니다〉? 공작의 하인, 너 개 호래자식 ⁸⁵
아! 이놈, 노예 자식아! 너 똥개 같은 놈아!

오스월드 폐하, 고정하시옵소서. 저는 말씀하신 그런 자가
아니옵니다.

리어 이 막돼먹은 놈이 어디다 눈을 부라려? (때린다)

오스월드 폐하, 왜 때리시는 겁니까? ⁹⁰

켄트 공이나 차는 비천한 놈. 그래, 이래도 안 넘어지나 보자.

(발목을 걸어 넘어뜨린다)

리어 자네에게 고맙군. 과인을 섬기는 것을 보니 앞으로 잘
대해 줘야겠네.

켄트 자, 일어나 꺼져 버려! 자신의 위치를 알아야지. 꺼져
버려, 꺼져 버리라고! 바닥에 대자로 뻗어 버리고 싶지 ⁹⁵
않거든 머뭇거리지 말고 사라져! 자, 알아들었어? 그럼,

그래야지.   (오스월드 퇴장)

리어 자, 착한 사람, 정말 고맙다. 여기, 이건 네 선금이니 받
아 두어라.   (켄트에게 돈을 준다)

바보광대 등장.

바보광대 나도 저자를 써야겠구나. 받아, 내 고깔모자다.   100
                        (켄트에게 자신의 모자를 건넨다)

리어 그래, 어서 오너라. 잘 지내고 있느냐?

바보광대 얘, 내 모자를 받는 게 좋을 거야.

켄트 이유는?

바보광대 이유가 뭐냐고? 네가 지금 불리한 쪽의 편을 들고
있잖아. 이기는 쪽의 편을 들지 않는다면 너는 곧장 추   105
운 바깥으로 쫓겨나게 될 거니까 말이다. 자, 내 모자를
집으라니까. 이것 봐, 이 친구도 두 딸을 내쫓고 셋째 딸
에게는 마음에도 없는 축복을 빌어 줬다지. 네가 이 영
감을 따를 심산이라면 내 고깔모자를 써야만 할 거야.
아저씨, 어때? 나도 고깔모자 두 개랑 딸 둘이 있으면   110
좋겠는데!

리어 내 꼬마야, 어째서?

바보광대 딸들에게 내 전 재산을 주더라도 고깔모자만큼은
내가 갖고 있게. 이건 내 모자야. 그러니까 다른 모자는
딸들한테 달라고 해.   115

리어 이놈아, 회초리 조심해라.

바보광대 진실은 개집으로 쫓겨나는 개와 같다니까. 암캐는
넘새를 풍기며 화롯가에 머무는데 그놈은 얻어맞고 밖
으로 내쫓기니.

리어 빌어먹을, 나의 쓰린 상처를 건드리는구나!　　　　　　120

바보광대 내가 노래 한수 가르쳐 드릴까?

리어 그래라.

바보광대 잘 들어, 아저씨.

　　　보여 주는 것보다 많은 것을 가지고
　　　알고 있는 것보다 말을 적게 하고　　　　　　　125
　　　가진 것보다 적게 빌려 주고
　　　걷기보다는 말을 더 타고
　　　듣는 것을 다 믿지 말고
　　　한 판에 다 걸지 마라.
　　　술과 계집을 버리고　　　　　　　　　　　　130
　　　집 안에 틀어박혀 있어라.
　　　그러면 대부분의 사람들보다
　　　형편이 나아지리라.

켄트 순 엉터리군.

바보광대 그렇다면 이건 보수를 받지 않은 변호사의 말 같　135
은 거네. 나한테 노래 값을 한 푼도 주지 않았잖아. 아저
씨, 무일푼은 쓸모가 없지?

리어 그렇지. 왜 아니겠냐, 내 꼬마야. 0에서는 0만 나올 뿐
이지.

바보광대 (켄트에게) 바보광대 말은 안 믿으려 하니, 제발 네　140

가 저분에게 말해 줘. 왕의 소작료도 그 꼴이 됐다고.

리어 입이 독한 바보광대로구나!

바보광대 이것 봐, 아저씨. 아저씨는 독설가 바보광대와 달콤한 바보광대의 차이를 아시나?

리어 모르니 말해 봐라. 145

바보광대 그대의 땅을 줘버리라고
그대에게 충고한 그 대신을 데려다가
내 옆에 세워 놓고
그대가 그 사람 역을 하시오.
달콤한 바보광대와 독설가 바보광대가 150
곧장 등장하리라.
색동옷 입은 바보광대가 여기 있고,
다른 한 바보광대는 저기 있구려.

리어 그래, 과인을 바보광대라 부르느냐?

바보광대 다른 직함들은 죄다 줘버렸으니 아저씨는 타고난 155
바보지.

켄트 폐하, 이자가 완전히 바보는 아니군요.

바보광대 그렇지, 대신들과 지체 높으신 분들이 나를 바보로
놔두려 하지 않으니 말이야. 내가 바보를 독차지하고 싶
어도 그분들도 한몫 차지하려 하는걸. 더군다나 귀부인 160
들까지 가세해서 나 혼자서 바보를 차지하지 못하게 빼
앗으려 하지. 아저씨, 달걀 하나 줘봐, 그러면 왕관을 두
개 줄 테니.

리어 무슨 왕관이 두 개가 된단 말이냐?

바보광대 잘 보란 말이야. 달걀을 반으로 잘라서 속 내용을   165
여기 먹고 나면 달걀껍질이 두 개의 왕관이 되지 않겠어? 왕
관 가운데를 쪼개서 두 쪽을 모두 쥐버리고 나면, 그대
는 나귀를 등에 업고 먼지를 뒤집어쓴 사람 꼴이 되는
거야. 황금 왕관을 쥐버리다니, 그대의 그 대머리 머리
통은 텅 빈 셈이지. 내가 비록 이 말을 바보광대처럼 하   170
고 있지만, 이 말과 꼭 맞아떨어지는 자는 회초리질을
당해도 싸단 말이야.

바보광대들이 지금보다 인기 없었던 적이 없었죠.
현자들이 모두 바보광대가 되었으니까요.
머리를 어떻게 써야 할지 몰라   175
한결같이 바보광대 흉내 내는 꼴이라니.

리어 애야, 네 녀석이 언제부터 그렇게 노래를 잘하게 되었
느냐?

바보광대 아저씨, 아저씨가 딸들을 어미로 만든 이후로 연
습을 했지. 아저씨가 딸들에게 회초리를 쥐여 주고 스스   180
로 바지를 내리자

딸들은 너무나 기뻐서 울었고
나는 슬퍼서 노래했지.
이런 왕이 숨바꼭질을 하며
바보들 사이에 숨다니.   185

아저씨, 제발 댁의 바보광대에게 거짓말 가르칠 선생을 하
나 들여봐. 거짓말하는 법을 배우고 싶으니.

리어 이놈아, 거짓말을 하면 회초리를 내리겠다.

바보광대 아저씨네 딸들이랑 아저씨의 관계가 궁금해지네. 아저씨네 딸들은 진실을 말한다면서 나를 때리려 하고, 아저씨는 거짓말을 한다면서 때리려 하니 말이야. 때로는 입을 다물고 있다는 이유로 얻어맞기도 하지. 바보광대만 빼고 뭐든지 되고 싶어. 그렇지만 아저씨같이 되고 싶지는 않아. 아저씨는 분별력을 양쪽에서 다 깎아 버리고 가운데 아무것도 남겨 놓지 않았잖아. 저기, 둘 중 하나가 이쪽으로 오는군.

고너릴 등장.

리어 어떻게 된 거냐? 왜 그렇게 찌푸리고 있느냐? 요사이 이맛살을 너무 찌푸리는구나.

바보광대 딸이 얼굴을 찡그려도 신경 쓸 필요가 없었을 때 아저씨는 그럴듯한 사람이었지. 그러나 지금은 숫자도 덧붙지 않은 0에 불과하잖아. 나는 바보광대이지만 아저씨는 아무것도 아니니 내가 아저씨보다 낫지. (고너릴에게) 예, 정녕 입 다물지요. 말씀은 없지만 얼굴에 입 다물라 쓰여 있으니까요.

　　합, 합.

　　온통 물려서 빵 껍질도 빵 조각도 버린 자는

　　아쉬움이 클 것이다.

　(리어를 가리키며) 저자는 빈 콩깍지죠.

고너릴 모든 것이 허용된 이 바보광대뿐 아니라

폐하의 불손한 다른 시종들도   210
한시가 멀다하고 큰 소리로 언쟁을 하며
참아 줄 수 없는 큰 소란을 일으킵니다.
이 일을 폐하께 알려 드려
뭔가 안전한 해결책을 구하려 했었습니다만,
최근 아버님의 언행을 보니   215
오히려 이런 소동을 감싸 주시고
허용하는 것이 아닌가 하는 걱정이 듭니다.
만일 그러하시다면 비난을 막지 못할 것이며,
국가의 안녕을 위한 해결책이 강구될 것입니다.
이 과정에서 아버님께서는 해를 입게 될 터.   220
보통 때 같으면 이건 불효막심한 일이겠지만
이 경우엔 어쩔 수 없는 일입니다.

바보광대   아저씨도 알다시피
　　　　　뻐꾸기를 너무 오랫동안 키웠던 바위종다리는
　　　　　새끼 뻐꾸기에게 머리를 뜯어 먹히고 말았네.   225
이렇게 촛불이 꺼지고 우리들은 어둠 속에 처한 거야.

리어   네가 짐의 딸이 맞느냐?

고너릴   제가 아는 아버님의
그 훌륭한 판단력을 잘 활용하셔서
아버님의 원래 모습과 동떨어진   230
최근의 그런 마음가짐을 버리시옵소서.

바보광대   마차가 말을 끌 때 어떤 멍청이가 그걸 모를까?
　　　　　와, 저그여, 그대를 사랑하노라.[5]

46

리어　여기 누구 과인을 아는 이 없는가? 이건 리어가 아니다.

　　리어가 이렇게 걷고 이렇게 말하나? 그의 눈이 삐었나?　235

　　정신이 약해졌거나 분별력이 무뎌졌구나.

　　하! 내가 꿈을 꾸고 있나? 그건 아니군.

　　내가 누구라고 말할 수 있는 자 누구냐?

바보광대　리어의 그림자.

리어　이것 좀 알아봐야겠구나. 왕권의 권위와 이성적인 지　240

　　식에 비추어 볼 때, 과인에게 딸이 있다는 사실을 믿을

　　수가 없다.

바보광대　딸들은 아비를 고분고분한 사람으로 만들려 하지.

리어　아름다운 부인, 이름이 무엇입니까?

고너릴　이런, 놀라는 척하는 태도라니,　245

　　아버님의 새로운 장난과 너무나 닮았군요.

　　제발 제 뜻을 바로 이해해 주세요.

　　연로하시고 존경받는 만큼 현명하셔야죠.

　　아버님이 거느리신 이곳 1백 명의 기사들과 종자들은

　　하나같이 무질서하고 불량하고 대담한 자들이라　250

　　그들의 안하무인에 물든 저희 궁궐은

　　소란스러운 여관처럼 되었습니다.

　　주색을 탐하는 그들 때문에 고상한 궁궐이 아니라

　　술집이나 매음굴처럼 되었습니다.

　　창피해서라도 당장 무슨 수를 써야만 합니다.　255

---

5 당시 유행하던 노래의 1절로 〈저그Jug〉는 일반적으로 〈하녀〉, 혹은 〈창녀〉
를 뜻하는 조앤Joan의 별칭이다.

그러니 제 부탁을 들어주시든지 아니면
제 간청대로 종자들의 수효를 줄이십시오.
자신들과 아버님의 처지를 알고
아버님의 연로함에 걸맞은 사람들만 남겨
계속 아버님을 따르게 하세요.

리어   어둠의 악마들이여!   260
과인의 말에 안장을 얹고 종자들을 모두 불러라.
빌어먹을 년! 아직 딸이 하나 더 있으니
네게 신세 지지 않겠다.

고너릴   아버님이 저의 하인들을 때리시니
무질서한 종자들마저 상전을 하인으로 여기고 있습니다.   265

올버니 등장.

리어   뒤늦은 후회의 이 고통이라니. 아, 공작 왔는가?
이게 경의 뜻인가? 말해 보게 ─ 말을 준비시켜라.
대리석같이 차가운 악마인 배은망덕이여,
자식에게서 네 모습이 드러나니
바다 괴물보다 더 끔찍하구나.

올버니   폐하, 고정하십시오.   270
리어   (고너릴에게) 흉악한 솔개! 이 거짓말쟁이야.
나의 종자들은 다 훌륭한 자질의 사람들로서,
세세한 도리를 알고 이름에 걸맞도록 엄격하게
명예를 존중하는 자들이다. 아, 더없이 사소한 결함이

왜 코딜리어에게서는 그렇게도 악해 보였단 말인가!   275
그것이 형틀처럼 내 오장육부를 뒤틀어 놓고
내 심장에서 사랑을 온통 뽑아내 버리고
화만 돋우었단 말인가.
아, 리어여, 리어여, 리어여!   (자신의 머리를 때린다)
소중한 분별력을 쫓아내고 어리석음을 들여보낸   280
이 대문을 부숴라! 자, 모두들 가자!

올버니 폐하, 무엇 때문에 화가 나셨는지 모르겠사오나
저는 잘못이 없나이다.

리어   공작은 그러하겠지.
자연이여, 들으소서! 사랑하는 여신이여, 들어 주소서!
이 여식에게 출산을 허락하려 했다면 그 뜻 거두소서.   285
그녀의 자궁에 불임을 가져다주소서!
그녀의 생식 기관들을 다 말려 버리시고
그녀의 천한 몸뚱이에서 어미 된 기쁨을 맛보게 할 자식
태어나지 않게 하소서! 아이를 가질 양이면
못돼 먹은 아이가 태어나서 천륜을 저버리고   290
어미를 괴롭히는 놈이 되게 하소서.
그놈으로 하여금 어미의 젊은 이마에 주름을 파게 하고
떨어지는 눈물로 어미 뺨에 수로를 파게 하며
어미의 온갖 수고와 은공을 경멸에 찬 조롱거리로 만들어,
배은망덕한 자식을 둔다는 것이   295
뱀의 이빨보다 더한 고통임을
제 어미로 하여금 느끼게 하소서!

가자, 가자꾸나!   (퇴장)

올버니   아, 신들이시여, 이 어인 영문입니까?

고너릴   더 이상 이 일을 알려고 애쓰지 마세요.   300

마음껏 망령을 부리도록

가만히 두세요.

리어 다시 등장.

리어   아니, 단번에 종자들 쉰 명을 줄이라니!

보름도 지나지 않았는데!

올버니   무슨 일이십니까, 폐하?

리어   말해 주지. (고너릴에게) 빌어먹을 년!   305

네년이 과인의 남자다운 기백을 이렇게 흔들다니,

이 눈물만도 못한 너로 인해서 이렇게 뜨거운 눈물이

격하게 쏟아져 내리다니 부끄럽구나.

광풍과 안개가 너를 앗아 가리라!

아비의 저주가 내린 깊은 상처가   310

네 뼛속까지 파고들리라! 늙고 어리석은 두 눈이여,

이를 두고 다시 눈물 흘린다면 너를 뽑아 버리고

그 눈물과 더불어 던져 진흙이나 게우게 하리라.

그래, 결과가 이렇단 말이지? 하! 하는 수 없지.

자식답고 편안한 다른 딸이 남아 있지 않은가.   315

네년의 행실을 듣게 되면, 그 애는 손톱으로

늑대 같은 네년 얼굴 가죽을 벗겨 놓을 것이다.

두고 봐라, 영원히 잃어버린 것이라 네년이 생각했을

그 모습을 나는 되찾을 것이니.　　　　　　　(퇴장)

고너릴　당신도 들었죠?　　　　　　　　　　　　　320

올버니　부인, 그대에 대한 내 사랑이 아무리 크다 해도

그대 편만을 들 수가 없소.

고너릴　제발, 됐어요. 여봐라, 오스월드!

(바보광대에게) 바보라기보단 망나니인 너도 네 주인을 따

라가야지.　　　　　　　　　　　　　　　325

바보광대　아저씨, 리어 아저씨! 기다려! 바보광대를 데려가야지.

내 모자를 주고 밧줄을 살 수 있다면

붙잡힌 암여우와

저런 딸은

정녕 도살장으로 보내지리라.　　　　　330

자, 바보광대도 따라간다.　　　　　　(퇴장)

고너릴　노인네한테 누가 조언을 해줬나? 1백 명의 기사라!

무장한 1백 명의 기사를 거느린 노인은 전략적으로

안전하기 마련이죠. 꿈을 꾸거나, 소문을 듣거나,

망상이 들거나, 불평거리나 싫은 일이 있을 때마다　　335

이 병력으로 자신의 노망기를 보호하고 우리의 목숨을

위태롭게 할 수 있으니 말이죠. 거기, 오스월드 있느냐?

올버니　걱정이 너무 지나친 것 같소.

고너릴　　　　　　　　　　　과하게 믿는 것보다 안전해요.

나는 걱정거리의 포로가 되느니 걱정되는 해악을

없애 버리는 편이죠. 아버지 마음을 알아요.　　340

아버지가 얘기한 것을 동생에게도 편지로 썼죠.

내가 그 어려움을 알려 줬는데도 만일 동생이

아버지와 1백 명의 기사들을 봉양한다면 —

오스월드 다시 등장.

어떻게 됐느냐? 이른 대로 동생에게 편지를 썼느냐?

오스월드 예, 마님.   345

고너릴 종자 하나를 데리고 말을 타고 달려가거라.

동생에게 내 개인적인 걱정을 상세하게 전해라.

너 자신의 설명을 보태어

그것을 확실하게 알려 주어라.

속히 갔다가 서둘러 돌아오너라.   (오스월드 퇴장)

　　　　　　　　　　　　이건 아니지요, 낭군님,   350

당신의 온유하고 점잖은 행동을

내가 저주하지 않고 봐줄 수는 있지만

그 위험한 자비심 때문에 당신은 칭찬은커녕

판단력이 없다고 비난받기 십상일 겁니다.

올버니 당신의 깊은 혜안을 내가 알 수는 없겠지만   355

더 잘하려 애쓰다 우리는 종종 일을 그르치는 법이오.

고너릴 아니, 그렇다면 —

올버니 자, 자, 결과를 지켜봅시다.   (퇴장)

제5장
(올버니 궁전 앞뜰)

리어, 켄트, 바보광대 등장.

리어 자, 이 편지들을 줄 테니 네가 먼저 글로스터로 가서
이것을 전해라. 내 딸이 편지를 읽고 나서 물어보는 것
말고는 다른 어떤 것에 대해서도 얘기해서는 안 된다.
네가 서둘러 가지 않으면 과인이 너보다도 먼저 그곳에
도착해 버릴 거야.   5

켄트 폐하, 폐하의 이 편지를 전하기 전까지는 잠들지 않겠
습니다.   (퇴장)

바보광대 사람의 머리가 발뒤꿈치에 붙어 있다면 동상에 걸
릴 위험이 있지 않을까?

리어 그렇지, 꼬마야.   10

바보광대 그렇다면 기뻐해도 돼. 아저씨 머리는 동상 때문에
슬리퍼를 신을 일이 없을 테니.

리어 하, 하, 하!

바보광대 둘째 딸이 아저씨에게 친절하게 대할지 곧 알게 될
거야. 산사가 사과를 닮았듯이 둘째가 첫째를 닮았지만,   15
그래도 말할 수 있는 것은 말할 수 있지.

리어 무얼 말할 수 있단 말이냐?

바보광대 산사에서 산사 맛이 나듯이 둘째 딸이 고너릴을
닮았다는 얘기지. 왜 사람의 코가 얼굴 중앙에 박혀 있

는지 아저씨는 알고 있어? 20

리어 모르겠는걸.

바보광대 그야 코 양쪽에 눈을 붙여서 냄새 맡을 수 없는 것
은 볼 수 있게 하려는 거지.

리어 그 아이에게 잘못을 했구나 —

바보광대 굴이 어떻게 껍질을 만드는지는 알고 있어? 25

리어 모르지.

바보광대 나도 모르지만 달팽이에게 집이 있는 이유는 알려
줄 수 있지.

리어 뭐지?

바보광대 그야 머리를 집어넣으라고 있는 거지. 딸들에게 몽 30
땅 줘버리고 자기 촉수 하나 넣을 통도 없이 지낼 수는
없는 거잖아.

리어 이제 다정한 아비가 되지 않겠다. 그렇게 잘 대해 줬건
만! 말은 준비되었나?

바보광대 노새 같은 얼간이들이 말을 가지러 갔다네. 아저 35
씨, 그거 알아? 북두칠성이 일곱뿐인 것에는 그럴싸한
이유가 있다는 거.

리어 여덟이 아니기 때문이지?

바보광대 정말 맞아. 훌륭한 바보광대가 될 소질이 있군.

리어 결단코 내 권리를 다시 찾아야겠다! 끔찍한 배은망덕 40
같으니!

바보광대 아저씨가 내 바보광대였다면, 너무 빨리 늙었다고
패주었을 거야.

리어 어째서?

바보광대 어째서겠어? 현명해지기도 전에 늙어서는 안 되는 45
거거든.

리어 아, 하늘이시여! 내가 미치지, 미치지 않게 해주소서.
내가 미치지 않도록 인내심을 주소서!

신사 한 명 등장.

어찌 되었느냐? 말들이 준비되었느냐?

신사 준비되었습니다, 폐하. 50

리어 애야, 가자.

바보광대 (관객을 향해) 지금 나 떠나는 걸 보며 웃는 처녀는
세상 물건들이 짧아지지 않는 이상 곧 처녀성을 잃게 될걸.

(퇴장)

제2막

제1장
(글로스터 백작의 성)

에드먼드와 큐란이 등장하며 만난다.

에드먼드 잘 있었나, 큐란.

큐란 그동안 안녕하셨습니까, 에드먼드 도련님. 제가 도련
님의 부친과 함께 있었는데, 부친께 콘월 공작과 리건
부인께서 오늘 저녁 이곳에서 묵게 될 것이라고 알려 드
렸습니다.   5

에드먼드 어쩐 일로?

큐란 글쎄요, 저도 잘 모르겠습니다. 혹시 바깥소식을 들으
셨습니까? 아직은 귓전을 스치는 소문에 불과하지만 말
입니다.

에드먼드 못 들었는데. 무슨 소문이냐?   10

큐란 콘월 공작과 올버니 공작 사이에 전쟁이 있을 것이라

는 소문을 못 들으셨단 말입니까?

에드워드 전혀.

큐란 그렇다면 곧 듣게 되겠지요. 안녕히 계십시오.   (퇴장)

에드먼드 오늘 밤 콘월 공작이 이곳에 온다니!   15

좋은 일이군! 아니, 최고지! 내 계획에 딱 들어맞는군.

아버지가 형을 붙잡기 위해 파수꾼을 세워 놨으니,

아주 조심해서 바로 실행에 옮겨야 할 일이 하나 있다.

재빠른 행운이여 오라!

형, 잠깐만. 형, 이리 내려오세요, 어서!   20

에드가 등장.

아버지가 망을 보고 계십시다. 빨리 도망치세요.

누군가 형이 숨은 곳을 알려 줬어요.

마침 컴컴한 저녁 시간이니 다행입니다.

혹시 콘월 공작을 비난한 적이 있나요?

공작이 이 밤에 부인을 대동하고   25

서둘러 이곳으로 오고 있습니다.

공작 편에 서서 올버니 공작을 비난한 적은 없나요?

잘 생각해 보세요.

에드가   확실히 한마디도 한 적이 없어.

에드먼드 아버지가 오시는 것 같군요.

용서하세요, 눈속임으로 형에게 칼을 겨누어야겠어요.   30

칼을 빼서 방어하는 척하세요. 자, 잘 휘두르세요 ―

항복하고 아버지 앞으로 가라. 거기, 불을 밝혀라! 여기다!
형, 도망가요 — 횃불을 비춰라, 횃불! — 자, 몸 조심해요.

(에드가 퇴장)

피를 좀 흘리면 내가 얼마나 심하게 싸웠는지 믿겠지.

(자신의 팔에 상처를 낸다)

주정꾼들이 이보다 더한 짓도 하는 것을 자주 보았지.　　35
아버지! 아버지! — 거기 서라, 서!
아무도 없소?

　　　　글로스터와 횃불을 든 하인들 등장.

글로스터　　　그래, 에드먼드, 그놈이 어디 있느냐?

에드먼드　　날카로운 칼을 빼 들고 이곳 어둠 속에 서서
　사악한 주문을 읊조리며 상서로운 후원자가 되어 달라
　달에게 빌고 있었습니다.

글로스터　　　　　　　그래, 어디로 도망했느냐?　　40

에드먼드　　이 피를 보십시오.

글로스터　　　　　　에드먼드, 그놈이 어디로 갔느냐?

에드먼드　　할 수 없게 되자 이쪽으로 도망했습니다.

글로스터　그놈을 쫓아라! 따라가라.　　　(몇몇 하인들 퇴장)
　　　　　　　　　　할 수 없게 됐다니, 무엇이?

에드먼드　　아버지를 죽이라고 저를 설득했지만
　할 수 없게 되었다고 말씀드릴 참이었습니다.　　45
　전 아비 살해의 패륜을 벼락으로 다스리는 신들이

제2막 제1장　**61**

무섭지 않으냐고 대꾸해 주었고

부자간의 인연이 얼마나 질긴 것인지 말해 주었습니다.

요컨대 그 끔찍한 패륜에 제가 요지부동으로 반대하자,

그는 칼을 빼 들더니   50

포악하게도 무방비인 제게 휘둘러

제 팔을 찔렀습니다.

하지만 혼비백산했던 제가 정신을 수습하고

불의에 맞서 싸울 태세를 갖추어서 그랬는지,

아니면 제가 지른 소리에 놀라서 그랬는지   55

갑자기 도망해 버렸습니다.

글로스터   도망해 보라지.

이 땅에 있는 한 붙잡히게 될 거야. 그놈을 찾거든 죽여라.

나의 상전이며 명예롭고 으뜸가는 후원자이신 공작께서

오늘 밤 이리로 오고 계신다.

그 흉포한 겁쟁이 놈을 붙잡아서   60

교수대로 끌고 오는 사람에게는 사례를 하겠다고

공작의 이름을 걸고 방을 내겠다.

숨겨 주는 자에게는 죽음이 따르리라.

에드먼드 전 만류하려 했지만, 형의 뜻이 너무 확고하기에

심한 욕을 하며 고하겠다고 협박을 했습니다.   65

그러자 형이 이렇게 쏴붙이더군요.

〈너, 땡전 한 푼 없는 서자야! 내가 네게 맞서면,

너를 신뢰할 만하고 덕 있고 가치 있는 인간이라고 여겨

네 말을 믿어 줄 사람이 있을 줄 아느냐?

아니지, 네가 내 필체를 증거로 내놓아도   70
나는 딱 잡아떼고 이 모든 일을 네가 사주하고
계획하고 꾸며 낸 것으로 돌려 버릴 것이다.
내가 죽으면 네가 이득을 볼 것이
너무나 뻔하기에
사람들이 바보가 아니라면   75
다들 네가 나를 죽이려고 안간힘을 쓴다고
생각할 것이다.〉

글로스터   아, 이 천인공노할 악당 놈!
이 편지를 모른 척할 거라고? 그놈은 내 자식이 아니다.
                                    (무대 안쪽에서 트럼펫 소리)
들어 봐라! 공작의 트럼펫 소리다. 왜 오시는지 모르겠구나.
항구를 다 차단해서 그놈이 도망치지 못하게 해야겠다.   80
공작도 그 일은 허락하시겠지.
원근 각처에 그놈의 초상화를 보내
온 왕국 백성들이 그놈을 알아보게 하겠다.
그리고 효성이 지극한 너에게 내 땅을 물려줄
방법을 강구하마.   85

                    콘월, 리건, 시종들 등장.

콘월 백작, 어떻게 된 일이오? 방금 전에 도착했는데
참 기괴한 소식을 들었소.
리건 소문이 사실이라면 그 나쁜 놈에겐

어떤 벌도 부족하겠소. 백작, 괜찮으시오?

글로스터 아, 부인! 이 늙은 가슴이 찢어지는 것 같습니다.   90

리건 아니, 아버지가 대부가 되어 이름을 지어 준 그 에드가가
경의 목숨을 해치려 했단 말이오?

글로스터 아, 부인! 부끄러워 말씀을 못 드리겠나이다.

리건 그자는 아버지를 따르고 있는 폭도 같은 기사들과
같은 무리가 아니오?   95

글로스터 그건 모릅니다만, 너무나, 너무나 흉악한 일입니다.

에드먼드 맞습니다, 부인. 한 패거리입니다.

리건 그렇다면 그가 사악한 마음을 품은 것이 당연하지요.
그자들이 노인의 재산을 탕진하기 위해
에드가에게 백작을 죽이라고 부추긴 것이오.   100
바로 오늘 저녁에 언니로부터
그들에 관해 주의를 주는 자세한 전갈이 왔소.
그자들이 우리 집에 머무르러 온다면
난 집을 비울 작정이오.

콘월   나도 마찬가지요, 부인.
에드먼드, 듣자 하니 자네가 아버지께   105
효행을 했다고 하더구먼.

에드먼드   제 도리였을 뿐입니다.

글로스터 이 애가 놈의 음모를 알려 줬지요. 놈을 붙들려다가
보시는 바와 같이 이렇게 상처를 입었습니다.

콘월 뒤를 쫓았소?

글로스터   그렇습니다, 공작님.

콘월 붙잡히면 더 이상 나쁜 짓을 못 하도록   110

엄하게 다스려야 하겠소.

내 힘을 이용해서라도 원하는 대로 하시오.

그리고 너 에드먼드는 효심이 지극하니

바로 이 순간부터

짐을 섬기도록 하라.   115

짐이 먼저 그대를 택하겠다.

에드먼드   무슨 일이 있어도

성심껏 모시겠나이다.

글로스터   저놈을 대신해서 감사드립니다.

콘월 짐이 방문한 이유를 경은 아직 모르실텐데 ─

리건 그것도 이렇게 야심한 밤 늦은 시간에 말이오.

글로스터 경, 그대의 도움이 필요한   120

중요한 일이 생겼소.

아버지와 언니가 똑같이 어떤 분쟁에 대해서

편지를 써 보내 왔는데, 그 내용으로 보아

내 생각엔 집을 비우는 것이 최상인 것 같소.

각각의 전령이 이곳에서 가져갈 답신을 기다리고 있소.   125

그대는 우리의 오랜 친구이니 마음 편히 생각하고

한시가 급한 요긴한 충고를

들려주길 바라오.

글로스터   알겠습니다, 부인.

두 분 모두 잘 오셨습니다.   (나팔 소리. 모두 퇴장)

제2장
(글로스터 성 앞)

켄트와 오스월드 각각 등장.

오스월드 여보게, 안녕하신가. 이 댁 하인인가?

켄트 그렇다.

오스월드 말을 어디다 매어 두지?

켄트 진창에.

오스월드 제발, 날 사랑하거든 제대로 말해 주게. 5

켄트 댁을 사랑하지 않는데.

오스월드 그렇담 신경 꺼야겠군.

켄트 내가 그대를 손안에 넣고 부린다면 나에게 신경 끌 수
없을 텐데.

오스월드 왜 알지도 못하는 사람이 나를 이렇게 막 대하지? 10

켄트 내 너를 잘 알지.

오스월드 내가 누구란 말이냐?

켄트 악당이고, 음식 찌꺼기를 먹는 놈이고, 천한 놈이고,
거만한 놈이고, 천박한 놈이고, 거지 같은 놈이고, 1년
에 옷 세 벌을 얻어 입는 하인. 연 1백 파운드 수입에 더 15
러운 면양말을 신는 놈. 겁쟁이에 송사를 좋아하고, 호
래자식에 수시로 거울을 보며 비위나 맞추려고 안달하
는 망나니. 소지품이라고는 가방 하나밖에 없는 머슴.
기꺼이 뚜쟁이가 되려는 놈. 악당과 거지와 겁쟁이와 포

주를 다 합쳐 놓은 놈. 잡종 암캐의 특성을 고스란히 물려받은 자식. 내가 지금까지 붙여 준 별칭들을 단 한 자라도 부인할 것 같으면 내가 떡을 치듯 짓이겨 놓을 놈이지.

오스월드 도대체 잘 알지도 못하는 사람에게 이처럼 심한 욕설을 퍼붓다니. 아니, 세상에 무슨 이런 괴물 같은 놈이 다 있담!

켄트 나를 모른다고 부인하는 꼴을 보니 참으로 뻔뻔스러운 하인 놈이군! 이틀 전에 왕이 지켜보는 앞에서 너의 발을 걸어 넘어뜨리고 때려 준 나를 모르겠단 말이지? 이 악당아, 어서 칼을 빼라. 비록 어두운 밤이긴 하지만 달빛이 있구나. 네놈을 달빛에 적신 빵 조각으로 만들어 줄 테다. (칼을 뺀다)
너, 이 비천한 개자식아, 칼을 빼라.

오스월드 저리 가라! 너와는 볼일 없다.

켄트 이놈아, 칼을 빼란 말이다. 왕을 모함하는 편지를 가지고 와서는 아버지에 대한 효심을 저버린 허영덩어리 꼭두각시 편이나 드는 놈아. 이 개자식, 어서 칼을 빼라. 안 그러면 네 정강이를 꼬치로 만들어 줄 테니. 자, 칼을 빼서 덤벼라.

오스월드 사람 살려! 살인이다! 사람 살려!

켄트 이놈아, 휘둘러 봐. 덤벼, 덤비란 말이다. 이 기생오라비 같은 놈아, 휘둘러, 휘둘러 보란 말이다.
(오스월드를 때린다)

오스월드   사람 살려! 살인이다, 살인!

에드먼드가 칼을 빼 들고 등장.

에드먼드   무슨 영문이냐? 어떻게 된 거냐? 떨어져라!

켄트   (에드먼드에게) 애송아, 원한다면 내 너를 상대해 주마.   45
덤벼라, 피 맛을 보여 주마. 자, 젊은 친구, 덤벼.

콘월, 리건, 글로스터, 하인들 등장.

글로스터   무기! 칼! 이게 다 무슨 일이냐?

콘월   다들 살고 싶거든 가만히 있어라.
다시 칼을 휘두르는 자는 죽이겠다. 왜들 싸우느냐?

리건   언니와 왕이 보낸 전령들이군요.   50

콘월   무엇 때문에 싸웠느냐? 말해 보아라.

오스월드   숨이 차서 말씀을 못 드리겠습니다, 나리.

켄트   그렇게도 용맹을 떨쳤으니 그럴 수밖에. 이 겁쟁이야,
너는 어미 배 속에서 나온 놈이 아니라 재단사가 만든
놈이지.   55

콘월   이것 참 요상한 자로군. 방금 재단사가 사람을 만든다
고 했느냐?

켄트   예, 그렇습니다, 나리. 석수장이나 환쟁이 노릇을 단 2년
동안만 한 자라고 해도 저렇게 못난 놈을 만들 수는 없을
겁니다.   60

콘월　왜들 싸웠는지 말해 보아라.

오스월드　나리, 저 흰 턱수염을 봐서 제가 목숨만은 살려 준
　　이 막돼먹은 영감탱이가 —

켄트　너 이 개자식! 없어도 좋을 놈이! 공작님께서 허락하신
　　다면 제가 이 버르장머리 없는 놈을 짓이겨 회반죽으로 65
　　만든 다음 화장실 벽에다가 발라 놓겠습니다. 야, 이 덜
　　덜 떨고만 있는 겁쟁이야, 뭐라고? 흰 턱수염을 봐서 살
　　려 주었다고?

콘월　이놈, 조용히 해라!
　　이 막돼먹은 놈, 어느 안전이라고 떠드는 게냐? 70

켄트　알겠습니다만 워낙 화가 치밀어서.

콘월　어째서 화가 났느냐?

켄트　정직함이란 모르는 이런 녀석이 칼을 차고 다니니까요.
　　이런 쥐새끼 같은 작자들이 바로 실실 쪼개면서
　　풀 수 없이 정교하게 꼬인 성스러운 인연의 밧줄을 75
　　물어뜯어 끊어 놓는 놈들입니다.
　　이런 자들이 상전의 화를 돋우고, 불에 기름을 부으며,
　　냉담함에 눈덩이를 더합니다.
　　할 줄 아는 거라곤 바람 따라 주인의 기분이 변하는 대로
　　개처럼 졸졸 따라다니며 〈아니요〉, 〈맞습니다〉 하며 80
　　주둥아리를 놀려 대는 것뿐이지요.
　　희멀건 얼굴에 염병이나 걸려라!
　　내가 바보광대인 양 내 말이 우습냐?
　　이 얼간이 거위 같은 놈아, 들판에서 붙잡았다면

꽥꽥거리는 너를 푸주한에게 데려갔을 것이다.

콘월　아니, 이 노인네가 미쳤나?

글로스터　어떻게 싸우게 되었는지 말하라.

켄트　저런 망나니 녀석은 저와
　더할 수 없이 상극입니다.

콘월　대체 저자가 무슨 잘못을 했기에 망나니라 부르느냐?　90

켄트　얼굴이 마음에 들지 않습니다.

콘월　나나 백작이나 내 부인 얼굴도 마음에 안 들 수 있겠지.

켄트　공작님, 솔직함이 저의 직분입니다.
　평생 동안 저는 지금 이 순간 제 눈앞에 보이는
　저자의 어깨 위에 붙어 있는 저 얼굴보다는　95
　선한 얼굴들만 보아 왔습니다.

콘월　　　　　　　　　　　오랫동안 그 퉁명스러움으로
　칭찬을 받아 온 탓에 짐짓 예의 없이 굴며
　억지로 솔직함을 가장하는 괴짜 녀석이군.
　본인은 솔직 담백해서 아첨을 할 수 없고
　진실만 말해야 한다 이거지.　100
　사람들이 믿어 주면 좋은 거고, 아니면 솔직한 거고.
　내 이런 자들을 알고 있는데 이들이야말로
　꼼꼼하게 애쓰며 임무를 다하려고
　머리를 조아리는 아첨꾼 스무 명보다
　더욱 음흉한 목적과 간계를 숨기고 있지.　105

켄트　번쩍이는 불의 화관처럼
　이글거리는 태양의 이마에,

빛을 발하시는 위대하신 자태 아래,

진실로 마음을 다하여 —

콘월　　　　　　　　　　　이게 무슨 말인가?

켄트　공작께서 그처럼 비난하신 저의 말본새에서 벗어나고 　110
자 함입니다. 정녕 저는 아첨꾼이 아닙니다. 솔직한 어
투로 공작님을 속였다는 그 누군가는 물론 철저한 망나
니였겠죠. 저도 꼭 그런 녀석이라고 불쾌해 하시겠지만,
저로서는 그런 악당이 될 생각이 없습니다.

콘월　(오스월드에게) 저자에게 무슨 잘못을 한 거냐?　　　115

오스월드　전 잘못한 것 없습니다.

저자의 주인인 왕이 오해를 하셔서

최근에 저를 때리신 적이 있는데,

그때 저자가 한패가 되어 왕의 기분을 맞추려고

뒤에서 발을 걸어 저를 넘어뜨렸습니다.　　　　120

쓰러뜨리고 모욕을 주고 욕을 하고

우쭐해하며 영웅이 된 듯 행세하며

스스로 넘어진 사람을 공격한 대가로 왕의 칭찬을 얻더니,

전번의 끔찍한 일을 다시 달성해 보려는 심사에서

이곳에서 또 칼을 빼 든 것입니다.

켄트　　　　　　　　이들 악당들과 겁쟁이들의 눈에는　　125
아이아스도 바보일 뿐이지요.[6]

콘월　　　　　　　　　차꼬를 꺼내 오너라!

6 사람을 볼 줄 모르는 이들의 눈에는 트로이 전쟁에서 용맹을 떨친 그리스 연
합군의 아이아스Aias 장군도 바보 얼간이에 불과하다는 뜻이다.

너 이 무례한 늙은이, 늙은 허풍쟁이 녀석,
버릇을 가르쳐 주겠다.

켄트   배우기엔 너무 늙었으니
차꼬를 내오지 마세요. 나는 왕의 하인으로
댁에게 심부름을 왔습니다.   130
왕의 전령에게 차꼬를 채운다는 것은
나의 주인님의 존엄하신 옥체에 불경을 가하는 짓이며
심한 적의를 보이는 짓입니다.

콘월   차꼬를 꺼내 오너라!
내 목숨과 명예를 걸고, 정오까지 차꼬를 채워 놓겠다.

리건   정오까지라니! 저녁때까지, 밤중 내내 채워 둬요.   135

켄트   아니, 부인, 내가 부인 아버지의 개라 하더라도
이렇게 대하면 안 되죠.

리건   아버지의 하인이니 이렇게 대하겠다.

콘월   이자가 처형이 말한, 바로 그런 종류의 녀석이군.
자, 차꼬를 내오너라.   (차꼬가 놓인다)

글로스터   공작님, 부탁인데 그러지 마시지요.   140
그의 죄가 크니 주인이신 국왕께서 나무라실 것입니다.
공작께서 뜻하시는 그 천한 벌은
좀도둑 같은 가장 흔한 죄를 다스리는 것이며,
더없이 천하고 경멸스러운 악당들을 위한 것입니다.
자신의 전령이 이렇게 홀대를 받고   145
이런 제재를 받은 것을 아시면
국왕께서 언짢아하실 것입니다.

콘월   내가 책임지겠소.

리건   자신의 심부름을 하던 전령이

   학대를 당하고 공격받은 것을 알게 되면

   언니가 훨씬 더 기분 나빠 할 거요. 저자의 다리를 끼워라.   150

                          (켄트를 차꼬에 채운다)

콘월   자, 백작, 갑시다. (글로스터와 켄트만 남기고 모두 퇴장)

글로스터   여보게, 안됐네. 세상 사람들이 다 알듯이

   공작의 뜻은 피할 수도 막을 수도 없다네.

   내가 자네를 위해 부탁을 드려 보지.

켄트   그러지 마십시오. 오랫동안 잠을 못 자고 힘들었으니   155

   얼마간은 자고, 나머지 시간은 휘파람이나 불며 보내지요.

   선한 사람의 행운도 뒤꿈치가 닳는 법.

   좋은 내일 맞이하시기를!

글로스터   공작은 이 일로 욕을 먹겠지. 사달이 날 거야.   (퇴장)

켄트   선한 국왕이시여, 속담에 딱 들어맞게   160

   그대는 시원한 하늘의 은덕을 피해서

   땡볕 속으로 들어가시는구려!

   그대의 온화한 불빛으로 이 편지를 읽을 수 있도록

   그대 달님이여, 이 지상으로 가까이 오오.

   비참 속에서만 기적을 보는 법.   165

   정말 다행스럽게도 이건 나의 변장을 알고 있고

   이 무법 상태를 치유할 때를 기다리고 있는

   코딜리어 공주의 편지로군.

   너무나 잠을 못 자 지쳐 빠진,

꺼풀이 무거운 두 눈이여, 이제 기회가 왔다.

이 부끄러운 잠자리는 괘념치 마라.

행운의 여신이여, 잘 자시오.

다시 한 번 미소 짓고 운명의 수레바퀴를 돌려 주시오!

(잠든다)

제3장
(숲 속)

에드가 등장.

에드가 나를 잡으려고 방을 붙였다는구나.

다행히 빈 나무둥치에 숨어서 추격을 피했어.

항구란 항구는 모두 막혔고

나를 잡으려고 혈안들이 되어서

파수꾼이 없는 곳이 없구나. 5

도망할 수 있는 한 오래오래 몸을 보존해야지.

찢어지게 가난하여 사람들이 쳐다볼 수 없을 정도로,

금수나 진배없는 가장 천하고 거지 같은 모습으로

변장을 해야겠구나.

얼굴을 더럽게 칠하고 10

사타구니에 넝마를 두르고, 머리칼에 떡을 짓고,

알몸을 드러낸 채 햇빛과 비바람을 맞아야겠다.

마구 소리를 질러 대고,

핀이며 나무 꼬치며 못이며 백향나무 조각들로

감각이 마비된 맨팔뚝을 찔러 끔찍한 모습을 하고서 15

저지대 농장에서, 가난한 작은 마을에서,

양 우리에서, 방앗간에서

때로는 광인의 욕설로, 때로는 기도로

동냥을 뜯어내는 시골 거지들의 본을 받아야겠다.

불쌍한 털리갓! 불쌍한 톰! 20

거지 톰에게는 희망이 있지만 에드가로서는 전무하구나.

(퇴장)

제4장
(글로스터의 성 앞. 켄트가 차꼬에 묶여 있다)

리어, 바보광대, 신사 등장.

리어 딸아이 부부가 집을 비우고

내 전령을 돌려보내지 않는 것이 이상하구나.

신사   제가 알기로,

지난밤만 하더라도 따님 부부는

집을 비울 계획이 없었는데요.

켄트   안녕하십니까, 주인님.

리어 하! 너는 이런 치욕을 5

여흥으로 알고 있는 것이냐?

켄트   그럴 리가 있습니까.

바보광대   하, 하! 잔인한 양말을 신고 있네. 말이라면 머리
　　를 묶어 놓고, 개와 곰이라면 목을 묶어 놓고, 원숭이라
　　면 허리를 묶어 놓고 사람이라면 다리를 묶어 놓지. 사
　　람이 다리를 지나치게 놀려 대면 결국 나무로 된 양말을   10
　　신게 되는 법이야.

리어   거기 묶어 둘 정도로 그렇게 너를 몰라본 자가
　　누구란 말이냐?

켄트   폐하의 사위와 딸,
　 두 사람 모두이지요.

리어   그럴 리가.   15

켄트   맞습니다.

리어   아니라니까.

켄트   맞는다니까요.

리어   아니야, 그럴 사람들이 아니야.

켄트   맞습니다, 그들이 그랬어요.   20

리어   주피터 신께 맹세코, 아니야.

켄트   주노 여신께 맹세코, 맞습니다.

리어   그들이 감히 그럴 리가 없고,
　 그럴 수도 없고, 그러려고 하지도 않았을 것이야.
　 왕의 전령에게 의도적으로 이런 폭력을 가하다니
　 이건 살인보다 더한 짓이지. 과인의 전령인 네가   25
　 무슨 잘못을 했기에 그들이 이런 벌을 가했는지

속히 말해 봐라.

켄트   폐하, 그들 집에서

폐하의 편지를 전해 주었을 때

제가 예의를 갖추어 꿇었던 무릎을 펴기도 전에,

급히 오느라 온몸을 땀으로 목욕한 듯한 전령이 와서   30

숨을 헐떡이며 자기 여주인인 고너릴의 인사를 전한 후

편지를 전달했습니다. 그러자 따님과 사위는

제 용무는 제쳐 두고 곧장 그 편지를 읽었습니다.

내용을 보고는 하인을 불러 즉시 말에 탔으며,

저에게는 따라와서 한가한 시간에   35

답장을 써줄 때까지 기다리라 말하며

저를 냉대했습니다. 제가 받은 냉대에는

다른 전령에 대한 환대가 큰 몫을 한 것 같았습니다.

그런데 그 다른 전령이란 놈이 바로

최근 폐하께 건방지게 대들었던 그 녀석이었습니다.   40

그런 자를 이곳에서 만나게 되자

전 이성보다 화가 앞서서 칼을 빼 들게 되었습니다.

그러자 그 겁쟁이가 온 집이 떠나갈 듯 소리를 질러 대서

폐하의 사위와 따님은 제 죄가 이런 치욕을 가하기에

족하다고 생각한 것입니다.   45

바보광대 들기러기가 저쪽으로 나는 걸 보니 아직 겨울이

끝나지 않았나 보네.

넝마 입은 부모에게

자식은 눈먼 행세 하지만

돈 가방 멘 부모에게   50

자식은 친절하지.

쏘다니는 창녀 행운의 여신은

가난한 자에게 문 열어 주지 않네.

그 모든 것에도 불구하고, 아저씨는 딸들 때문에 1년 내내

세어야 할 만큼 많은 슬픔을 겪게 될 거야.   55

리어 아! 가슴에서 갑갑증이 치밀어 올라오는구나.

갑갑증이여, 내려가라! 치미는 슬픔이여!

너의 자리는 아래쪽이다. 딸이 어디 있느냐?

켄트 이곳 집 안에 백작과 함께 있습니다.

리어 따라오지 말고 이곳에서 기다려라.   (퇴장)   60

신사 아까 말한 잘못이 전부요?

켄트 그렇소. 그런데 왕은

저리 적은 수의 종자들만 데리고 오신 거요?

바보광대 그런 질문 때문에 네가 차꼬에 묶였던 거라면, 당

연한 일이겠지.   65

켄트 왜 그렇지?

바보광대 이것 봐, 당신으로 하여금 개미들로부터 겨울철에

는 일거리가 없다는 사실을 배우도록 해야겠군. 장님이

아닌 다음에야, 다들 코를 가지고 있으면서도 눈의 안내

를 받지. 악취 풍기는 녀석이 있건만 그 냄새를 맡을 수   70

있는 자는 한 사람도 없단 말이야. 이봐, 언덕 아래로 굴

러가는 바퀴를 따라가다가 목을 꺾이고 싶지 않거든 그

냥 손에서 놓아 버리라고. 하지만 그게 위로 올라가는

거대한 바퀴라면, 뒤에서 열심히 따라가야지. 혹시 어떤
현자가 너에게 이것보다 더 좋은 충고를 해주거든 내 충   75
고는 다시 돌려줘. 내 것은 바보광대의 충고이니 얼간이
들이나 따르라고 해야지.

　　　이득을 찾아 섬기는 자는
　　　겉으로만 따르는 사람.
　　　비가 오면 보따리를 싸서   80
　　　폭풍 속에 그대를 남겨 놓으리.
　　　그러나 나는 남으리, 바보광대 남으리.
　　　똑똑한 자들은 떠나라지.
　　　도망치는 악당은 바보 되지만
　　　바보광대는 정녕 악당 되지 않으리.   85

켄트　바보광대야, 이 노래를 어디서 배웠느냐?

바보광대　바보 양반아, 차꼬에서 배우지는 않았다.

　　　　글로스터를 데리고 리어 다시 등장.

리어　나하고 대화를 않으려 하다니! 다들 아프다고!
　피곤하다고! 밤새 말을 달렸다고! 그래,
　나를 버리고 배신하려는 구실이며, 암시일 뿐이야.   90
　더 그럴듯한 대답을 가져오시오.

글로스터　　　　　　　　　　폐하,
　공작의 불같은 성미를 아시잖습니까.
　그가 한번 마음먹으면

요지부동이지요.

리어 염병할 놈들, 천벌을 받아 다 죽어 버려라! 95
불같은 성미라고? 그렇다면 글로스터 백작,
과인이 직접 콘월 공작과 그 부인에게 얘기를 하겠소.

글로스터 폐하, 소인이 이미 그렇게 알렸습니다.

리어 그들에게 알렸다고? 이보게, 내 말을 알아들은 거요?

글로스터 그렇습니다, 폐하. 100

리어 왕이 콘월 공작과, 사랑하는 아비가 딸과 얘기하려고
문안을 요구하고 문안을 드리려 하는 거요.
이 사실을 알렸단 말이오? 빌어먹을! 불같다고?
공작의 성미가 불같아? 그 불같은 공작에게 말하시오 ─
아니, 아니, 아직. 공작의 몸이 안 좋을 수도 있겠지. 105
아프면 멀쩡할 때와는 달리 모든 의무에 소홀해지는 법.
천성적으로 마음은 몸과 같이 아프게 되는 터라
온전하지 못하겠지. 과인이 참겠다.
아파서 움직이지 않으려는 사람을
멀쩡한 사람으로 오해했다니. 110
과인이 한사코 고집을 부린 것에
스스로 화가 나는구나. 왕권이 다하다니!
(켄트를 보며) 어째서 이자가 여기 묶여야 하는가?
이걸 보면 공작과 딸이 이곳으로 옮겨 온 것이
술수라는 사실이 명백해지는군. 115
내 하인을 풀어 놓아라. 그리고 공작과 그 부인에게
지금 당장 얘기를 하고 싶다고 전하라.

나와서 내 말을 들으라고 해. 안 그러면

잠을 다 죽여 놓을 때까지 그들의 문간에서 북을 칠 것이다.

글로스터 서로 간에 아무 일 없었으면 좋겠습니다.　　　(퇴장)　120

리어 아, 내 가슴이여, 끓어오르는 내 가슴이여! 내려가라!

바보광대 요리사가 뱀장어를 산 채로 밀가루 반죽에 처넣은

다음 그 대갈통을 막대기로 때리면서 〈이 장난꾸러기들

아, 내려가라, 내려가〉 하고 소리치는 것처럼, 아저씨도

아저씨 가슴에게 소리를 질러 봐. 있잖아, 건초에 버터　125

를 바른 것은 그 요리사의 오빠였는데, 그는 그냥 말에

게 잘해 주려는 마음이었대.[7]

글로스터가 콘월, 리건, 하인들과 함께 등장.

리어 두 사람 모두 안녕하신가.

콘월　　　　　　　　　　　　안녕하십니까, 폐하.

　　　　　　　　　　　　　　　　　(켄트를 풀어 준다)

리건 폐하를 뵙게 되어 기쁘옵나이다.

리어 그렇겠지. 그래야만 당연하지.　　　　　　　　　130

만약 아비를 보고도 기쁘지 않다면

난 네 어미가 아니라 화냥년을 장사 지낸 셈이니

무덤에서 꺼내서라도 헤어져야겠다. (켄트에게) 풀려났느냐?

7 느끼한 사료는 먹지 않으려 하는 말의 습성을 이용해 마부들이 사료에 버터
를 섞어 사료 값을 빼돌렸던 악습에 대한 언급. 이곳에선 고너릴을 따르는 콘월의
행동에 대한 비아냥거림이다.

그 얘기는 나중에 하고, 사랑하는 딸아,

네 언니는 볼 것 없다. 아, 리건! 네 언니가 이곳을   135

독수리처럼 배은망덕한 날카로운 이빨로 물어뜯었지.

(자신의 가슴을 가리킨다)

너에게 다 말할 수가 없구나. 얼마나 못됐는지

너는 믿을 수가 없을 것이다. 내 딸 리건!

리건 고정하십시오, 아버지.

언니가 도리를 저버렸기보다는 아버지가 언니의 진심을   140

잘 모르시는 것 같습니다.

리어   뭐라고? 무슨 소리냐?

리건 언니가 조금이나마 도리를 다하지 않았을 거라고는

도저히 생각할 수 없습니다.

만일 언니가 아버님 시종들의 방자함을 제지했다면,

그런 건전한 목적과 이유로   145

언니를 비난할 수는 없습니다.

리어 그 빌어먹을 년!

리건   아, 아버지는 이제

돌아가실 날이 얼마 남지 않았을 정도로 연로하십니다.

이제는 아버지보다 아버지의 상태를 더 잘 아는

분별 있는 사람의 말을 들으셔야 합니다.   150

그러니 부탁인데

언니에게 돌아가십시오.

가서 잘못했다고 하십시오.

리어   그년에게 용서를 빌라고?

이게 부녀간에 될 법한 소리냐?

〈사랑하는 딸아, 고백하건대 내가 늙었구나.   155

나이 먹으면 무용지물이지. 무릎을 꿇고 이렇게 비니

내 의복과 잠자리와 음식을 챙겨 주렴.〉   (무릎을 꿇는다)

리건   제발 이러지 마세요. 못 봐드리겠네요.

언니에게 돌아가세요.

리어   (일어서며) 절대로 안 가겠다.

그년이 내 시종 수를 반으로 줄였고, 나를 노려보았고,   160

뱀처럼 바로 이 가슴에 못을 박는 말을 했다.

배은망덕한 그년 머리 꼭대기에

하늘의 모든 복수가 내리칠지어다!

병을 옮기는 대기여, 그년의 젊은 뼈를 부수어

절름발이로 만들어 다오!

콘월   너무하십니다, 너무해요!   165

리어   발 빠른 번개여,

경멸에 찬 그년의 눈구덩이를 태워 눈멀게 해주오!

태양의 열기를 받아 늪지에서 올라온 안개여,

그년의 얼굴에다가 물집을 만들어 놓아라!

리건   아, 신령들이시여!   170

화가 도지시면 나에게도 그런 저주를 퍼붓겠군요.

리어   아니다, 애야. 너를 저주하는 일은 없을 것이야.

넌 천성이 점잖으니 내가 네게 화낼 일은 없겠지.

그년 눈은 독살스럽지만

네 눈은 이글거리지 않고 편안하구나.   175

나를 불쾌하게 하고, 내 시종들을 줄이고,

말대꾸를 하고, 내 용돈을 줄이고,

결국 내가 못 들어오도록 대문에 빗장을 거는 일을

너는 할 사람이 아니다.

너는 천륜과 자식 된 도리와 180

예의의 실행과 은혜를 아는 애다.

내가 준 왕국의 절반을

너는 잊지 않았겠지.

리건   아버님, 용건을 말씀하세요.

리어   누가 내 하인에게 차꼬를 채웠느냐? (안에서 나팔 소리)

콘월   이게 웬 나팔 소리지?

리건   언니의 나팔 소리군요. 곧 이곳으로 오겠다고 한 185

편지 내용이 맞네요.

오스월드 등장.

네 마님이 오셨느냐?

리어   자기 안주인의 알량한 힘을 믿고 까부는

바로 그 종놈이군. 이놈아, 보기 싫으니

꺼져 버려라!

콘월   폐하, 조금 전에 무슨 말씀을 하셨죠?

리어   누가 내 하인을 차꼬에 묶었느냐? 리건, 190

바라건대 너는 모르는 일이겠지. 저게 누군가?

고너릴 등장.

아, 하늘이시여,
노인을 사랑하시고, 태고의 천지신명을
섬기게 하시려거든 하늘 무서운 줄 알게 하시어
복수를 내려 보내 내 편을 들어 주소서!
(고너릴에게) 이 수염을 바라보는 것이 부끄럽지 않냐?　195
아, 리건! 그년의 손을 잡을 셈이냐?

고너릴 손을 맞잡으면 안 되나요? 내가 뭘 잘못했는데요?
망령된 노인이 죄라고 하는 것이
다 죄가 되지는 않지요.

리어 아, 복창아! 그래, 터지지 않고
단단히 견딘단 말이냐? 왜 내 하인이 차꼬를 찼지?　200

콘월 제가 그랬습니다. 그자의 비행은
그러기에 충분했습니다.

리어 공작이 그랬다고?

리건 제발 아버지, 힘이 없으면 그답게 행동하세요.
시종들을 절반으로 줄이고
언니와 함께 돌아가서 머물다가　205
한 달이 지나면 그때 우리 집으로 오세요.
난 이제 집을 떠날 것이고
아버지를 환대할 준비도 되어 있지 않습니다.

리어 그년에게 돌아가라고? 쉰 명을 내치고서?
아니지, 차라리 지붕을 버리고　210

제2막 제4장 **85**

찬 공기와 맞서 싸우겠다.

늑대와 올빼미와 벗하고 극심한 궁핍에 쪼들리겠다!

그년과 돌아가라고?

그럴 바에야 차라리 지참금 없이 막내를 데려간

그 성미 급한 프랑스 왕의 왕좌 앞에 무릎을 꿇고   215

종자처럼 구차한 목숨을 부지해 달라 빌겠다.

그년과 돌아가라니!

차라리 나더러 이 흉측한 하인 놈의

종마잡이가 되라고 해라.   (오스월드를 가리킨다)

고너릴   좋을 대로 하세요.

리어   제발 부탁인데, 애야, 아비를 미치게 하지 마라.   220

너를 귀찮게 안 할 테니 잘 있어라.

서로 더 이상 볼 일도, 만날 일도 없을 것이다.

그렇지만 너는 여전히 내 살이고 피다.

아니, 내 것이라 인정해야 하는 내 살 속 종양이지.

내 썩은 핏속에 부풀어 오른 종기이고   225

부스럼이며 피고름이지.

그렇지만 너를 나무라진 않겠다.

치욕을 당할 때 당하더라도 자초하진 않겠다.

제우스께 벼락을 내려 달라고 부탁하지도

최고의 재판관에게 너의 얘기를 하지도 않겠다.   230

할 수 있을 때 마음을 고쳐먹고 더욱 착한 사람이 되어라.

난 참을 수 있다. 몸소 1백 명의 기사들을 거느리고

리건과 머물 수 있다.

리건　　　　　　　　그렇게는 안 됩니다.

아직 아버지가 오시리라 기대하지 않았고

맞을 준비도 되지 않았습니다. 언니 얘기 들으세요.　　　235

아버지의 분노를 이성적으로 바라보는 사람이라면

아버지가 늙었다고 생각할 겁니다. 그리고 ―

언니가 옳은 겁니다.

리어　　　　　　　그 말이 진심이냐?

리건　그렇습니다. 아니, 쉰 명의 종자라고요?

그거면 충분하지 않아요? 더 이상 뭐가 필요하단 말입니까?　240

비용이나 위험으로 보아도 도대체

그 많은 숫자가 왜 필요하단 말인가요?

두 주인 밑의 그 많은 수가 어떻게 한 집에서

사이좋게 지낸단 말입니까? 어렵고, 거의 불가능합니다.

고너릴　동생의 하인이나 제 하인들의 시중을 받는 게　　　245

왜 안 된다는 건가요?

리건　맞습니다. 그러면 하인들이 아버지를 소홀히 대할 때

우리들이 다스릴 수 있지요. 지금 보니 위험하니까

우리 집에 오시려거든 스물다섯만 데리고 오세요.

그 이상은 인정하지도 않고　　　250

거처도 내주지 않겠습니다.

리어　나는 너에게 모두 주었는데 ―

리건　　　　　　　　　때맞추어 주셨지요.

리어　너를 나의 보호자이자 수탁자로 정했지만,

그 숫자의 종자는 데리고 있기로 단서를 달았다.

아니, 스물다섯만 데리고 너희 집으로 오라고?

리건, 진심이냐?

리건 그렇습니다. 더 이상은 안 됩니다.

리어 더욱 사악한 놈들 옆에 있으니

사악한 놈들이 잘나 보이는구나.

최악이 아니란 것만으로도 칭찬할 만하군.   260

(고너릴에게) 너와 가겠다. 쉰 명은 스물다섯의 곱절이니

너의 사랑이 저년보다 곱절이구나.

고너릴   제 말 들으세요, 아버지.

그보다 두 배나 많은 하인들이 시중을 들어 줄 집에서

도대체 스물다섯, 열, 아니 다섯의 시종들이

어째서 필요하단 겁니까?

리건   한 명이라도 무슨 필요람?   265

리어 아! 필요에 대해서 따지지 마라.

더없이 천한 거지도 하찮은 것들을

필요 이상으로 가지고 있는 법.

자연적인 필요 이상의 것을 허용하지 않는다면

인간의 삶은 금수나 마찬가지다.   270

너는 여인이다. 몸을 따뜻하게 하는 것이 전부라면

몸을 따뜻하게 해주는 것과는 상관없는

그런 화려한 옷은 필요치 않지.

그러나 진정한 필요에 대해 말하자면 ―

아, 하늘이시여, 나에게 인내를, 필요한 인내를 주소서.   275

신들이시여, 비참할 정도로 늙고 슬픔 가득한

이 불쌍한 노인네를 굽어보소서.

이 딸년들이 아비의 가슴에 못을 박게 하는 것이

그대 신들의 뜻이라면, 나 또한 이를 고스란히 견뎌 내는

바보로 만들지 마소서. 나에게 고귀한 분노를 내려 주시고   280

여인의 무기인 눈물이 남자인 내 뺨을

더럽히지 않게 해주소서! 너 천인공노할 마녀들아,

네년들에게 복수할 것이다. 아직 구체적으로는 모르나

온 세상 사람들이, 아니 온 세계가 가공할

그런 복수를 해주마. 내가 울 거라고 생각하겠지만   285

아니, 울지 않겠다. 울어야 할 이유 충분하지만

울기 전에 이 가슴이 수만 개 조각으로 찢어질 것 같구나.

(멀리서 폭풍 소리가 들린다)

아, 바보광대야, 미칠 것 같구나!

(리어, 글로스터, 신사, 바보광대 퇴장)

콘월 들어갑시다, 폭풍이 몰려오겠소.

리건 우리 집은 좁아서 저 노인과 시종들을   290

　　모두 재울 수가 없어요.

고너릴 다 자기 잘못이야. 편안함을 박차 버렸으니

　　어리석음의 쓴맛을 봐야지.

리건 아버지 혼자라면 받아들이겠지만

　　시종들은 한 사람도 안 받겠어요.

고너릴　　　　　　　　나도 같은 뜻이다.   295

　　글로스터 백작은 어디 있죠?

콘월 노인네를 따라 나갔는데, 마침 돌아오는군.

글로스터 다시 등장.

글로스터 국왕께서 화가 단단히 나셨습니다.

콘월 　　　　　　　　　　어디로 가고 있소?

글로스터 말을 찾는데, 어디 가시려는지는 모르겠습니다.

콘월 자기 고집대로 가라고 내버려 두시오.　　　　　　　300

고너릴 백작은 절대 그에게 집에 머물라고 간청하지 마시오.

글로스터 아! 어두워지고 매서운 바람이 살을 에는데

　　근처 수 마일 안에는

　　수풀도 없습니다.

리건 　　　　　오! 고집 센 이들은

　　자초한 어려움을 겪어 봐야 정신을 차리지.　　　　　305

　　문을 다 걸어 잠그시오.

　　막가는 시종들이 그와 함께 있소.

　　그자들이 귀 얇은 노인네에게 무슨 사주를 할지 모르니

　　미리 피하는 것이 상책이지요.

콘월 백작, 문을 잠그시오. 매서운 밤이군.　　　　　　310

　　처제의 생각이 옳소. 자, 폭풍을 피해 들어갑시다.　　(퇴장)

제3막

제1장

(광야)

천둥 번개를 동반한 폭풍. 켄트와 신사가 등장하며 만난다.

켄트 이 험한 날씨에 거기 누구냐?

신사 날씨처럼 마음 뒤숭숭한 사람이오.

켄트 안면이 있군. 국왕은 어디 계시오?

신사 거친 비바람과 싸우며 외치고 있소.

세상이 끝나거나 변하도록   5

폭풍은 대지를 바닷속으로 쓸어 버리고

파도는 육지를 집어삼켜 버리라고 말이오.

몰아치는 광풍이 인정사정없이 휘감아 흩날리는

그 백발을 쥐어뜯고 있소.

이리저리 몰아치는 성난 비바람을   10

자신의 작은 몸으로 맞서려 분투 중이오.

젖을 물린 어미 곰도 굴을 지키고
사자와 굶주린 늑대도 비를 피하는 이런 밤에
머리에 아무것도 쓰지 않은 채 내달리며
될 대로 되라고 외쳐 대고 있소.

켄트   누가 함께 있소?   15

신사 가슴을 후벼 파는 상처를 농담으로 치유하려 애쓰는
바보광대뿐이오.

켄트   나 그대를 알기에
나의 사람 보는 눈을 믿고
감히 그대에게 중요한 부탁을 하나 하겠소.
아직은 서로 교묘하게 숨기고 있지만   20
올버니와 콘월 간에 싸움이 있소.
높은 자리에 있는 사람치고 누가 안 그러겠소만,
이들이 거느린 하인 중에는
하인인 척하면서 우리의 정세를 알리는
프랑스 왕의 정탐꾼과 염탐꾼들이 있소.   25
두 공작들의 언쟁과 음모 가운데 목격된 것이나
늙은 왕에 대한 이들의 심한 홀대,
아니면 이것들은 단지 치장에 불과한
더욱 심각한 무엇을 —
어쨌든 이 분열된 왕국에   30
프랑스의 군대가 오고 있는 것은 사실이오.
우리가 소홀한 틈을 타서 이들은 이미
우리의 요충지인 어느 항구에 은밀히 상륙하여

공공연히 군기를 휘날리려 하고 있소.

이제 당신에게 말하는바   35

나를 믿고 서둘러 멀리 도버까지 가서,

국왕이 얼마나 반인륜적이고

사람을 미치게 하는 슬픔을 겪고 있는지

있는 그대로 전해 주면

그대에게 사례를 베풀 자가 있을 거요.   40

나도 귀족 가문 출신으로 믿을 만한 정보를 가지고

그대에게 이런 부탁을 하는 거요.

신사 더 자세히 얘기해 봐야겠소.

켄트   아니, 그러지 마시오.

내가 겉보기와 다른 사람임을 증명하리다.

이 지갑을 열어서 속에 있는 것을 꺼내시오.   45

분명히 그렇게 되겠지만 코딜리어를 만나거든

이 반지를 보여 주시오.

당신이 지금 보고 있는 사람이 누구인지는

그녀가 알려 줄 거요.

이 염병할 놈의 폭풍! 왕을 찾아 봐야겠군.   50

신사 악수합시다. 더 하실 말씀 없소?

켄트 몇 마디 안 되지만 더없이 중요한 얘기요.

당신은 그쪽 길로, 나는 이쪽 길로 갑시다.

왕을 발견하게 되면 먼저 발견하는 사람이

소리를 질러 다른 사람에게 알립시다.   (각각 퇴장)   55

제2장

(광야의 다른 곳. 여전히 폭풍이 불고 있다)

리어와 바보광대 등장.

리어 바람아 불어라, 미어터지도록 미친 듯이 불어라.
홍수와 허리케인아, 지붕 꼭대기와 바람개비가
다 잠길 때까지 퍼부어라. 유황불 머금은 재빠른 번개야,
참나무를 쪼개 놓는 천둥의 전령아,
내 백발을 그을려 놓아라! 천지를 흔드는 천둥아,   5
둥근 세상을 납작하게 해버리고
인간을 만든 그 주조 틀을 다 부숴 버리며
배은망덕한 놈들 만든 그 씨앗을
한꺼번에 다 쏟아 버려라.

바보광대 아, 아저씨, 문밖의 이런 빗물보다는   10
마른 집 안의 아첨이 더 좋겠어.
아저씨, 들어가서 딸들의 축복을 청해.
이런 밤은 현자나 바보광대나 사정을 봐주지 않는다고.

리어 마음껏 우르릉거려라. 번개야 치고, 비야 퍼부어라!
비바람 천둥 번개도 내 딸년들 아니니   15
너희들 무정하다 나무라지 않겠다.
내가 왕국을 주지도, 자식이라 부르지도 않았으니
너희들 나를 섬길 의무 없지. 그러니 마음껏 내리쳐라.
가난하고 노쇠하고 연약하고 무시당하는 노인네,

너희들의 종인 내가 여기서 다 맞겠다. 20
그렇지만 이 백발 늙은이에 맞서고 사악한 두 딸년과
힘을 합쳐 하늘로부터 나를 치는 것을 보니
너희들도 노예 같은 놈들이구나.
아, 이건 심하구나.
바보광대 자기 머리 둘 집을 가진 사람은 똑똑한 머리를 가 25
진 사람이지.
머리 둘 집 갖기 전에
거시기 둘 구멍부터 찾는 놈은
머리에 이가 슬 것이며,
그런 거지들은 결혼을 자주 하지. 30
가슴보다 발가락을
소중하게 앞세우는 자는
티눈 때문에 아파하고
잠 못 드는 고통 겪지.
얼굴 반반한 여자치고 거울 보며 스스로 흡족해하지 않는 35
여자가 없으니까.

켄트 등장.

리어 아니야, 나는 인내의 모범이 되어
아무 말도 하지 않겠다.
켄트 거기 누구냐?
바보광대 내 맹세하건대, 이곳에 현자와 바보가, 그러니까 40

국왕과 바보광대가 있다!

켄트　아! 폐하, 여기 계십니까? 밤을 좋아하는 것들도
　　이런 밤은 좋아하지 않습니다. 성난 하늘 때문에
　　어둠 속에 다니는 것들 모두 겁을 먹고 굴을 지킵니다.
　　이렇게 무섭게 천둥 번개가 치고　　　　　　　　　　45
　　이렇게 비바람이 으르렁거리는 것은
　　소인이 태어난 이래 들어 본 적이 없습니다.
　　인간으로서는 이런 고통과 무서움을
　　견딜 수 없습니다.

리어　　　　　　　우리 머리 위에서
　　이 끔찍한 소동을 일으키는 위대한 신들로 하여금　　50
　　자신들의 적들을 찾아내게 해라.
　　속에 죄를 은폐하고 법의 심판 받지 않는 악당아,
　　두려움에 떨어라. 너 살인자야,
　　군자인 양 위선 떠는 간음자야,
　　너 위증자야 숨어라.　　　　　　　　　　　　　　55
　　은밀하게 점잔 빼며 사람 목숨 해친 악당이여
　　온몸이 부서지듯 떨어라. 꼭꼭 숨긴 죄인들이여
　　숨긴 죄의 그릇 깨어 버리고 이들 무시무시한
　　소환자들의 용서를 빌어라. 내가 지은 죄보다
　　그들이 내게 지은 죄가 더 크구나.

켄트　　　　　　　　　　아, 머리에 아무것도 안 쓰시고!　60
　　폐하, 바로 이 근방에 움막이 있습니다.
　　그곳에서 폭풍우를 피하실 수 있을 것입니다.

제가 그 잔인한 집으로 가서 그자들의 무례를

뉘우치게 하고 돌아올 동안 그곳에서 쉬고 계십시오.

그 집의 석재보다 마음이 단단한 집주인들은   65

바로 조금 전에 폐하를 찾는 저를

들여보내 주지 않았습니다.

리어   머리가 돌기 시작하는구나.

자, 애야, 어떠냐? 추우냐?

나는 춥구나. 애야, 움막이 어디 있느냐?

궁핍은 더러운 것을 귀하게 하는 묘한 힘이 있구나.   70

자, 움막으로 가자.

불쌍한 바보광대야, 내 마음 한편에

너에게 미안한 마음이 있구나.

바보광대 머리가 부족한 사람은

혜이, 호, 비바람 쳐도,   75

가진 것에 만족해야지.

왔다 하면 매일같이 비가 오지만.

리어 맞는 말이구나. 자, 이 움막으로 들어가자.

                            (리어와 켄트 퇴장)

바보광대 창녀의 색정도 식혀 줄 훌륭한 밤이네.

가기 전에 예언을 해야겠다.   80

신부들 행동보다 말이 앞서고

양조업자들 술에 물을 타고

귀족들 양복쟁이들에게 일을 가르치고

창녀 찾는 이단자만 화형당할 때,

모든 재판이 올바르고   85
빚진 종자 없고 가난한 기사 없을 때,
비방자들 소문으로 먹고살지 않으며
소매치기들 군중들 틈에 나타나지 않을 때,
고리대금업자들 보는 데서 금화 세고
포주와 창녀 회개하고 교회당 지을 때,   90
알비온[8] 왕국은
대혼란에 빠질 터.
그때까지 살아남은 자,
제 발로 걸어다니는 모습 보게 되리라.
이것은 멀린[9]의 예언이 될 것이다. 나는 그 사람보다 앞서   95
살고 있으니.   (퇴장)

제3장
(글로스터 성의 방)

글로스터와 에드먼드가 횃불을 들고 등장한다.

글로스터   아이고, 에드먼드! 이런 인륜을 벗어난 일들이 나
　　는 정말 싫구나. 내가 왕을 동정하게 해달라고 부탁했더

---

8 브리튼의 옛 이름.
9 6세기 아서 왕의 궁정에 거했던 마법사이자 예언가. 리어는 기원전 8세기에
살았던 고대 브리튼의 전설적인 왕이다.

니 그들은 나에게 집주인 행세도 못 하게 했다. 그리고 죽고 싶지 않거든 왕에 대해서 아무 얘기도 꺼내지 말고, 간청하지도 말고, 어떤 식으로든 그를 보살피지도 말라고 했다.

에드먼드 인간이라 할 수 없을 정도로 야만적입니다!

글로스터 아니, 아니다. 너는 아무 소리 말고 있어라. 지금 공작들 사이에 분쟁이 일어나고 있고, 그것보다 더한 일도 벌어지고 있다. 내가 간밤에 편지를 한 통 받았는데, 얘기를 꺼내기조차 위험한 내용이 적혀 있는 터라 일단 서재에 자물통을 채우고 숨겨 놓았다. 지금 왕께서 겪고 계시는 해악과 관련하여 철저한 복수가 있을 것이다. 일부 군대가 이미 상륙한 터이니 우린 이제 왕의 편을 들어야 한다. 내가 왕을 찾아가서 몰래 보살펴 드릴 것이니 너는 가서 공작과 이야기를 나누며 내 행동이 그의 눈에 띄지 않도록 연막을 피워라. 혹시라도 공작이 나를 찾거든 아파서 일찍 자리에 누웠다고 둘러대라. 비록 협박을 받긴 했으나, 설혹 이 일로 인해서 내가 죽는 일이 있더라도 나의 옛 주인인 국왕은 구해 낼 작정이다. 에드먼드, 이상한 일들이 닥쳐오고 있으니 부디 주의해야 한다. (퇴장)

에드먼드 이 금지된 호의와 편지에 대해
공작에게 곧장 알려야겠다.
이건 대가가 확실한 일이지.
아버지가 잃는 것은 내 차지가 될 터, 그거면 됐어.

노인이 몰락하면 젊은이가 출세하는 법이다.   (퇴장)

제4장
(광야. 움막 앞)

리어, 켄트, 바보광대 등장.

켄트 폐하, 이곳입니다, 들어가시지요.
  사람이 한데서 견디기에는
  너무나 힘든 밤입니다.   (여전히 폭풍우가 친다)
리어   날 내버려 둬라.
켄트 폐하, 이곳으로 드시지요.
리어   그러면 가슴이 터질까?
켄트 제 가슴이 터졌으면 좋겠습니다. 폐하, 드시지요.   5
리어 이 뼛속까지 스며들도록 몰아치는 폭풍을
  너는 견딜 수 없다고 생각하는구나. 너에겐 그렇겠지.
  그러나 더 깊은 병이 뿌리내린 곳에서라면
  작은 병은 느껴지지도 않아. 곰을 피해 도망하다
  앞에서 포효하는 바다를 만나면   10
  차라리 곰과 머리를 맞대고 상대하고 싶어지지.
  마음이 편안할 땐 몸이 예민한 법. 내 마음의 이 태풍은
  가슴속에 고동치는 자식들의 배은망덕 말고는
  모든 감각을 앗아 가버린다.

자식에게 음식을 떠먹인 이 손을   15
입으로 물어뜯어 버려야 하지 않을까?
철저하게 복수하겠다. 그래, 더 이상 울지 않는다.
이런 밤에 나를 내쫓아? 폭우야 쏟아져라, 견뎌 주마.
이렇게 험한 밤에? 아, 리건, 고너릴!
너희들에게 관대하게 모든 것을 다 준 늙은 아비는 —   20
아! 이 생각에 미칠 것 같구나. 그러면 안 되니
이 생각을 그만해야겠구나.

켄트   폐하, 이곳으로 드시지요.

리어   제발, 네가 들어가서 편히 쉬어라.
이 폭우를 맞고 있으면 이보다 더한 마음의 상처를
생각할 여유가 없겠지. 하지만 들어가겠다.   25
(바보광대에게) 너 먼저 들어가라. 집 없는 너 가난한 —
아니, 들어가거라. 나는 기도를 한 다음 자야겠다.

                                    (바보광대 들어간다)

이 사정없이 몰아치는 폭풍우를 견디는
도처에 흩어진 불쌍한 벌거숭이들아,
머리 둘 곳도 없고 뱃가죽은 달라붙은 채   30
구멍 뚫린 낡은 넝마를 입고서 이런 시간들을
어떻게 견디느냐? 아! 여태 이런 생각을 못 했구나.
눈에 보이는 장려함이여, 치료를 받아라.
비참한 자들이 느끼는 바를 너도 느끼도록 옷을 벗고
불필요한 옷가지들을 그들에게 떨어내어   35
하늘이 더 공평함을 보여 주어라.

에드가 (움막 안에서) 한 자 반, 한 자 반의 수심!

거지 톰!   (바보광대가 움막에서 뛰어나온다)

바보광대 아저씨, 여기 들어오지 마. 귀신이 있어.

사람 살려! 사람 살려!   40

켄트 자, 나를 잡아라. 거기 누구냐?

바보광대 귀신이래, 귀신. 자기 이름이 거지 톰이래.

켄트 그곳 밀짚 속에서 중얼거리는 너는 누구냐?

이리 나오너라.

미친 사람으로 변장한 에드가 등장.

에드가 저리 가시오! 사악한 악마가 나를 쫓고 있소! 날카   45
로운 산사나무 사이로 찬바람이 불고 있소. 음! 잠자리
에 가서 몸을 녹이시오.

리어 너도 딸들에게 다 주었느냐?

그래서 이 꼴이 되었느냐?

에드가 사악한 악마가 불과 연기 사이로 끌고 다니고, 소택   50
과 늪지와 개펄과 진창으로 끌고 다닌 거지 톰에게 동냥
을 줄 사람 누구입니까? 악마가 베개 밑에 칼을 놓아두
고, 창틈에는 목을 매달 밧줄을 숨겨 놓고, 죽에다가는
쥐약을 쳤어. 마음에 자만심을 심어 주고는 우쭐하게 만
들어 발 빠른 암갈색 말을 타고 비좁은 다리 위를 달리   55
도록 몰아붙이고, 자기 그림자를 보며 반란자라며 내쫓
게 만들었어. 그대의 오감에 축복이 있기를! 톰은 춥구

나, 추위. 아, 덜덜덜덜덜. 그대는 부디 하늘 높은 곳으
로 치솟으며 병을 옮기는 회오리바람을 피하시길! 사악
한 악마로부터 괴롭힘을 당하는 거지 톰에게 적선을 하   60
세요. 이놈의 악마를 이제 잡았다. 여기 있구나, 여기. 그
래그래, 여기 있다니까.   (여전히 폭풍우가 친다)

리어   아니, 이자의 딸들이 이자를 이 지경으로 만든 거냐?
아무것도 남기지 않았느냐? 딸들에게 다 주었더냐?

바보광대   아니지. 다행히 담요 한 장은 남겼네. 이게 아니었   65
으면 못 볼 것을 볼 뻔했어.

리어   잘못을 범한 인간에게 떨어질
무거운 대기의 온갖 염병이 그대 딸들에게 옮기를!

켄트   폐하, 저자에겐 딸이 없습니다.

리어   이 죽일 놈아! 불효한 딸들 말고 무엇이   70
저렇게 인간의 정신을 나가게 할 수 있단 말이냐?
버림받은 아비들이 이렇게 몸을 막 대하는 것이
요새 유행이냐?
하늘의 심판이시여! 이 몸이 저 펠리컨처럼
아비 잡아먹는 딸들을 낳았습니다.   75

에드가   필리콕[10]은 필리콕 언덕에 앉았습니다.
훠이, 훠이, 우, 우!

바보광대   이런 추운 날 밤이면 다들 바보가 되거나 미친 사
람이 되나 봐.

---

10 *Pillicock*. 연인에 대한 애칭 혹은 남자의 성기를 지칭하는 단어. 리어가 말
한 〈펠리컨〉이라는 단어에서 연상 작용이 일어난 듯하다.

에드가 사악한 악마를 조심하세요. 부모에게 복종하세요. ⁸⁰ 약속은 지키세요. 욕을 하면 안 돼요. 남의 집 부인과 간음하지도 말아요. 상냥한 가슴에 화려한 옷을 걸치지 마세요. 톰은 추워요!

리어 무얼 하던 사람이었느냐?

에드가 가슴과 마음이 교만했던 하인이었습니다. 머리를 말 ⁸⁵ 아 올렸습니다. 모자에는 장갑을 끼워 두었습니다. 안주인의 색욕을 채워 주었습니다. 그녀와 은밀하게 못된 짓을 했습니다. 말을 할 때마다 맹세한 다음 대명천지에 이를 깼습니다. 잠결에 색욕을 어떻게 채울지 궁리했다가 깨어나자마자 이를 실행했던 사람입니다. 술과 도박 ⁹⁰ 을 지극히 좋아했습니다. 터키인보다 여자를 많이 두었습니다. 마음은 사악했습니다. 귀는 얇았습니다. 손에피 묻히기를 좋아했습니다. 게으르기로 따지면 돼지였습니다. 훔치는 데는 여우였습니다. 탐욕은 늑대였습니다. 미치는 데는 개였습니다. 잡아먹는 건 사자였습니 ⁹⁵ 다. 삐걱삐걱거리는 구두 소리나 바닥에 끌리는 비단옷에 홀려 여자에게 마음을 빼앗기지 마세요. 발은 사창가로부터 멀리하고 손은 여인의 속옷에서, 펜은 고리대금업자의 장부에서 멀리하세요. 사악한 악마를 물리치세요. 산사나무 사이로 항상 찬바람이 불어요. 쌩 쌩, 헤이 ¹⁰⁰ 닐리리. 그래그래, 나의 애마 돌핀, 스르륵스르륵, 그가 지나가게 해라. (여전히 폭풍이 치고 있다)

리어 아무것도 걸치지 않은 맨몸으로 이런 비바람을 맞느

니 넌 차라리 무덤 속에 드는 편이 좋았겠구나. 그래, 인
간이 이것밖에 안 된단 말이냐? 이 거지를 잘 보자. 너는   105
누에고치에게 비단을 빚진 적도, 소의 가죽을 빌린 적
도, 양에게 털을 빚진 적도, 사향고양이에게 향수를 빚
진 적도 없구나. 하! 우리 셋은 그나마 걸쳐 입었지. 너
는 살덩이 그대로구나. 아무것도 걸치지 않으면 인간도
너처럼 두 발 달린 벌거숭이 불쌍한 짐승에 불과하지.   110
이 빌려 온 것들아, 사라져라, 사라져! 자, 이곳의 단추
를 풀어 다오.   (옷을 찢는다)

바보광대 아저씨, 제발 진정해. 수영하기에는 고약한 밤이
라고. 지금 이 거친 들판에 조그만 불을 피운다 해도 늙
은 색마의 심장 같겠어. 조그만 불덩이만 제외하고 나면   115
온몸이 차가울 뿐이니. 아, 저기 좀 봐! 횃불이 이리로
걸어오고 있네.

글로스터가 횃불을 들고 등장.

에드가 저건 사악한 플리버티지벳입니다. 통금 시간에 나와
서 첫닭이 우는 자정까지 쏘다니지요. 저자가 백내장을
옮기고, 사팔뜨기를 만들고, 언청이를 만들고, 다 익은   120
밀 이삭에 곰팡이를 피우고, 지상의 불쌍한 녀석들을 해
칩니다.
　　성 위솔드는 벌판을 세 번이나 돌며
　　몽마와 그 아홉 자식을 만났죠.

몽마에게 말을 내리라 하고   125
복종을 약속받았죠.

마녀야, 물러가라, 물러가라!

켄트 폐하, 괜찮으십니까?

리어 그가 누구냐?

켄트 누구냐? 무얼 찾는 거냐?   130

글로스터 넌 누구냐? 이름을 대라.

에드가 거지 톰입니다. 헤엄치는 개구리하고 두꺼비하고 올
챙이하고 도마뱀하고 물뱀을 먹고 살지요. 사악한 악마
가 괴롭힐 때면 머리끝까지 화가 치밀어서 샐러드 대신
소똥을 먹어요. 늙은 쥐새끼랑 시궁창에 내버려진 개를   135
잡아다가 집어삼키고 고인 물웅덩이에 잔뜩 끼어 있는
이끼를 떠다가 마시기도 하지요. 이 동네 저 동네를 떠
돌며 매를 맞고 다니다가 차꼬에 채워지기도 하고 옥에
갇히기도 해요. 등에는 옷을 세 겹이나 걸치고 몸통에는
셔츠를 여섯 개나 둘렀지요.   140

말을 달리고 무기를 가졌지만

7년 동안 톰이 먹은 음식은

들쥐와 집쥐와 작은 사슴뿐이랍니다.

나를 쫓는 악마를 조심하세요. 너 악마, 스멀킨, 가만히 있
어라, 가만있어!   145

글로스터 아니, 폐하, 이런 자들과 함께하신단 말입니까?

에드가 악마의 두목은 양반이지요. 그 이름은 모도. 마후라
고도 불리지요.

글로스터 사람이 너무나 끔찍해져서

　자식이 부모를 증오할 지경이 되었습니다. 150

에드가 거지 톰은 추워요.

글로스터 저와 함께 집으로 가시지요. 신하된 도리로

　폐하 따님들의 독한 명령을 들을 수 없습니다.

　비록 그들이 우리 집 문을 잠그고

　폐하가 끔찍한 밤을 겪도록 명령을 내렸지만 155

　저는 폐하를 찾아나섰고

　불과 음식이 준비된 곳으로 모셔 가기로 작정했습니다.

리어 먼저 이 현자와 얘기를 해야겠소.

　천둥은 왜 치는 거지?

켄트 폐하, 백작의 제의대로 집 안으로 가십시오. 160

리어 이 똑똑한 테베 사람과 한마디 나눠야겠다.

　무얼 연구하느냐?

에드가 악마를 피하는 법과 해충을 죽이는 법이죠.

리어 개인적으로 한마디만 물어보겠다.

켄트 백작님, 다시 한 번 가시자고 청하세요. 165

　폐하의 정신이 흐려지고 있습니다.

글로스터　　　　　　　　　　당연한 일 아니냐?

　　　　　　　　　　　　(여전히 폭풍우가 치고 있다)

　딸들이 죽이려 하고 있잖아. 아, 착한 켄트 경!

　추방당한 그 불쌍한 사람이 이렇게 되리라 예견했지!

　자네 말로는 왕이 미쳐 간다고 하는데, 여보게,

　정말이지 나도 반미치광이가 되었어. 170

지금은 인연을 끊었지만 아들이 있었는데

그놈이 바로, 바로 얼마 전에 나를 죽이려 했지.

누구 못지않게 그놈을 사랑했기에,

솔직하게 말하자면 나도 슬픔으로 제정신이 아니야.

참 지독한 밤이군! 폐하, 청컨대 ──

리어   아! 경에겐 미안하지만   175

훌륭한 현자여, 그대와 함께 있겠다.

에드가   톰은 추워요.

글로스터   그래, 저 움막으로 들어가서 몸을 녹여라.

리어   자, 다들 들어가세.

켄트   폐하, 이쪽으로.

리어   이자와 함께 가겠소.

이제부터는 항상 이 현자와 함께 있겠소.   180

켄트   백작님, 폐하를 달래서 저 친구를 데려가게 하세요.

글로스터   데리고 가십시오.

켄트   이봐, 이리 와, 우리와 함께 가자.

리어   선한 아테네 사람이여, 가자.

글로스터   아무 말 하지 말고 조용, 조용히!   185

에드가   기사 후보 롤랑이 검은 탑에 도착했는데,

그의 암호는 항상 〈피, 포, 펌〉이었지.

영국인의 피 냄새가 나네.   (모두 퇴장)

제5장
(글로스터 성의 방 안)

콘월과 에드먼드 등장.

콘월 이 집을 떠나기 전에 내가 복수를 할 것이다.

에드먼드 아, 공작님, 정말이지 걱정이옵니다. 저는 이제 부
모 자식 간의 천륜을 저버리고 충성을 바쳤다는 이유로
비난을 받게 되겠죠.

콘월 내가 이제야 알았다. 네 형 에드가가 아버지의 목숨을 5
노린 것이 전적으로 그의 마음이 사악하기 때문만은 아
니었구나. 그건 바로 당해도 싼 네 아비의 사악함 때문
이었어.

에드먼드 올바른 일을 하고 후회를 하다니 내 팔자 얼마나
기구한가! 이게 바로 아버지가 말한 편지인데, 내용을 10
보시면 아버지가 프랑스에 유리한 첩자였음을 알 수 있
습니다. 아, 하늘이시여! 이 음모가 없었거나 내가 발견
하지 않았으면 얼마나 좋았을까!

콘월 같이 내 안사람에게로 가자.

에드먼드 공작님, 이 편지 내용이 확실하다면 공작님께 큰일 15
이 난 셈입니다.

콘월 편지 내용이 사실이든 아니든, 이젠 자네가 글로스터
백작이다. 우리가 자네 아비를 체포할 수 있도록 그가 있
는 곳을 찾아 봐라.

에드먼드 (방백) 아버지가 국왕을 돕고 있다면, 공작의 의심   20
은 한층 커지겠지. (큰 소리로) 자식 된 도리와 충성심 간
의 싸움이 아무리 크다 하더라도 앞으로 계속해서 충성
을 다하겠습니다.

콘월 내 자네를 신뢰하고 내 사랑으로 자네를 더욱 자식처
럼 대하겠다.   (퇴장)   25

제6장
(성과 인접한 농가의 방)

글로스터와 켄트 등장.

글로스터 이곳이 저 한데보다는 났군. 이것도 고맙게 생각해
야 해. 나는 좀 더 편안하게 해줄 수 있을 만한 것들을
모아서 곧 돌아오겠다.

켄트 참을 수 없는 분노로 폐하의 정신이 나가 버렸습니다.
신들이 그대의 친절에 복을 주시기를!   5
(글로스터 퇴장)

리어, 에드가, 바보광대 등장.

에드가 프라테레토가 나를 부르며 네로는 지옥 호수의 낚시
꾼이라고 말하고 있어요. 순진한 양반, 저 사악한 악마

를 조심하세요.

바보광대 아저씨, 대답해 봐. 미친 사람은 양반일까, 아니면 평민일까?

리어 왕이지, 왕!

바보광대 틀렸어. 양반 아들을 둔 평민이지. 자신보다 먼저 아들을 양반으로 만드는 평민은 정신이 나간 놈이기 때문이야.

리어 붉게 달궈진 쇠꼬챙이를 든 1천 명의 악마들로 하여금 쉿 소리를 내며 그년들을 공격하게 해서는 —

에드가 사악한 악마가 내 등을 물어뜯고 있어요.

바보광대 늑대가 온순하리라 믿고, 말이 건강하리라 믿고, 아이의 사랑과 창녀의 맹세를 믿는 자는 미친 사람이지.

리어 그렇게 될 거야. 이것들을 바로 기소해야겠다.
(에드가에게) 가장 현명한 재판관인 그대가 여기 앉고,
(바보광대에게) 여기, 현명한 그대는 여기 앉아라 — 자, 이 암여우들아!

에드가 저 악마가 서서 노려보는 저길 보세요! 미친 사람이여, 재판의 구경꾼들이 필요하신가요?
베시, 개울 건너 내게로 와 —

바보광대 (노래한다) 그녀의 배[船]에는 물이 새고,
그녀는 말을 못 하지.
왜 감히 그대에게 건너올 수 없는지!

에드가 사악한 악마가 나이팅게일의 목소리를 하고 거지 톰을 따라다니고 있어요. 악마 호프댄스가 톰의 배 속에서

흰 정어리 두 마리를 달라고 소리치고 있어요. 검은 악
마야, 가만히 있어라, 너 줄 음식은 없단다.

켄트 폐하, 괜찮으십니까? 그렇게 멍하니 서 계시지 마십시오.
누워서 이불에 기대고 쉬시겠습니까? ⁣ 35

리어 먼저 이것들의 재판을 보겠다. 증인들을 데려오너라.
(에드가에게) 법복 입은 판사여, 좌정하시오.
(바보광대에게) 그대, 동료 판사도 그 옆에 앉으시오.
(켄트에게) 그대도 판사의 위임을 받았으니
함께 앉아라. ⁣ 40

에드가 공정하게 처리합시다.
유쾌한 목동이여, 그대는 자는가, 깨어 있는가?
그대의 양은 옥수수밭에 있는데
그대의 작은 피리 한 번만 불어 준다면
그대의 양은 해를 입지 않을 거라네. ⁣ 45
가르랑, 고양이는 회색이지.

리어 먼저 고너릴을 기소하라. 여기 있는 존경하는 재판관
들 앞에서 맹세하는데, 그년이 불쌍한 국왕인 부친을 내
쳐 버렸소.

바보광대 부인, 이리 오시오. 그대 이름이 고너릴이오? ⁣ 50

리어 부인할 수 없을걸.

바보광대 미안하지만 난 그대를 앉은뱅이 의자로 알았군.

리어 찡그린 얼굴로 속마음을 말하는 년이
여기 또 있소. 거기, 그년을 붙드시오!
무기, 무기와 칼과 불을 가져오시오! 법정이 썩었소! ⁣ 55

부정한 판사여, 왜 그년을 붙잡지 않소?

에드가 그대 오관이 멀쩡하길!

켄트 아서라! 폐하가 그렇게 자랑하시던 인내심은
다 어디로 갔습니까?

에드가 (방백) 눈물이 너무나 쏟아지려고 해서   60
자칫 변장을 망치겠구나.

리어 저 작은 개들 좀 봐,
트레이, 흰둥이, 예쁜이가 일제히 나에게 짖어 대는구나.

에드가 톰이 소리쳐 그것들을 물리치겠어요. 야, 이 똥개들
아, 썩 물러가지 못할까!   65
너희들 입이 검든 희든,
물면 이빨에 독이 있든 없든,
양치기 개, 그레이하운드, 잿빛 잡종,
사냥개든 스패니얼이든, 암캐든, 수캐든,
꼬리 짧은 테리어든, 꼬리 긴 테리어든,   70
톰이 깽깽거리며 울게 만들어 줄 테다.
내가 소리치면
모두 문지방을 뛰어넘어 서둘러 도망가니까.
덜덜덜덜덜덜. 쐐, 쐐! 자, 이봐요, 모두 함께 밤샘 축제와
잔칫집과 장터 시장으로 갑시다. 거지 톰, 너의 뿔잔이   75
비었구나.

리어 그렇다면 저자들로 하여금 리건의 배를 가르도록 하
라. 그년 가슴에 대체 뭐가 들어 있는지 보자. 무슨 연고
로 이렇게 독한 년들이 태어나는 것인가? (에드가에게)

자네를 내 1백 명의 기사들 가운데 한 사람으로 삼겠다.　₈₀

단지 자네가 입고 있는 그 옷차림이 마음에 안 드는군.

자네는 그 옷이 페르시아산이라고 하겠지만, 그래도 바

꿔 입도록 해라.

켄트　폐하, 이제 여기 누워서 잠시 쉬십시오.

리어　조용히 해라, 조용히 좀 해. 저 커튼을 쳐라. 그래그래.　₈₅

그렇지, 그렇지. 우리는 아침에 저녁 식사를 하러 갈 것

이다.

바보광대　나는 정오에 잠자리에 들겠어.

글로스터 다시 등장.

글로스터　이보게, 이리 와봐라. 왕은 어디 계시냐?

켄트　여기 계십니다. 정신이 나갔으니 가만히 두십시오.　₉₀

글로스터　제발 왕을 네 팔로 안아라.

왕을 죽이려는 음모를 엿들었다.

들것이 준비되어 있으니

왕을 거기에 눕히고 도버로 가라.

그곳에서는 환대를 받고 안전할 것이야.　₉₅

왕을 안아라. 네가 반 시간만 지체하면

왕의 목숨뿐 아니라 네 목숨과

왕을 보호하는 사람들 목숨마저 위험해져.

어서 왕을 안아. 네게 먹을 것을 좀 줄 테니

나를 따라와라.

켄트　　　　　　마음이 짓눌려 주무시는구나.　　　100

주무시고 나면, 쇠약해진 심신이 원기를 회복하겠지.

때를 놓치면 치유하기 힘들겠지만.

(바보광대에게) 자, 뒤에 서 있지 말고

이리 와서 너의 주인을 안도록 도와라.

글로스터　　　　　　　　　　　서둘러라, 서둘러.

　　　　　　(켄트, 글로스터, 바보광대, 왕을 안고 퇴장)

에드가　우리의 상전들이 우리와 같은 고통을 겪는 것을 보면　105

우리의 비참한 일들은 별것 아니라고 생각하게 되지.

걱정 근심 없이 행복해 보이는 일들을 뒤로하고

홀로 겪는 고통이 가슴에 가장 쓰라린 법.

슬픔도 동료가 있어 같이 견딜 수 있다면

마음이 한결 가벼워지지.　　　110

나보다 극심한 고통을 왕이 겪고 있는 지금

나의 고통은 얼마나 가볍고 견딜 만해 보이는가!

내가 독한 아비를 두었듯 왕은 독한 자식을 두었구나!

톰, 가자! 닥쳐오는 위험을 잘 보고 네 정직함을 증명하며

네게 오명을 씌우는 못된 헛소문을 지워서　　　115

아버지와 화해할 때가 되면 네 본모습을 드러내어라.

오늘 밤 무슨 일이 더 있더라도 왕이 무사히 빠져나갔으면!

계속 숨어라, 숨어.　　　　　　　　(퇴장)

제7장

(글로스터 성의 방)

콘월, 리건, 고너릴, 에드먼드, 하인들 등장.

콘월 (고너릴에게) 남편 되시는 공작께 서둘러 가서 이 편지
를 보여 드리시오. 프랑스 군대가 상륙했소 — 배신자
글로스터를 찾아내라.   (하인들 몇 명 퇴장)

리건 그자를 곧장 교수형에 처하세요.

고너릴 두 눈을 빼버리세요.   5

콘월 그 일은 알아서 처리하겠으니 내게 맡겨 두시오. 에드
먼드 경, 그대가 아내의 언니를 모셔다 드리도록 하게.
우리가 배신자인 그대의 부친에게 가할 복수를 그대의
두 눈으로 지켜보는 것은 적절치 않으니 말이네. 공작을
만나거든 지체 없이 준비하라고 알려 주길 바라네. 짐도   10
이제 서둘러 준비하겠네. 짐의 전령들이 재빠르게 양쪽
소식을 알려 줄 것이네. 처형, 잘 돌아가시오. 글로스터
백작도 잘 가시게.

오스월드 등장.

어떻게 되었느냐? 왕은 어디에 있느냐?

오스월드 글로스터 백작이 이곳에서 데리고 나갔습니다.   15
왕을 추종하는 열성분자 기사들

약 서른대여섯 명이 대문에서 그를 만나

백작의 하인들 일부와 합세하여 도버로 갔습니다.

거기서 무장한 친구들과 만날 거라고

떠벌리고 있습니다.

콘월   네 마님의 말을 준비해라.   20

고너릴 공작님, 안녕히 계세요. 동생도.

콘월 에드먼드 경, 잘 가시오. (고너릴, 에드먼드, 오스월드 퇴장)

                  배신자 글로스터를 찾아서

도둑놈처럼 붙들어 매어 과인 앞으로 데려와라.

                        (다른 하인들 퇴장)

재판 절차 없이 그를 사형시키기는 건 적절치 않지만,

짐의 직권으로 화를 풀어야겠소.   25

사람들이 비난이야 하겠지만 별수 없을 것이오.

거기 누구냐? 배신자를 잡아 왔느냐?

            포박된 글로스터를 데리고 하인들 다시 등장.

리건 배은망덕한 여우 같은 놈! 그자가 맞습니다.

콘월 비쩍 마른 그자의 팔을 단단히 묶으시오.

글로스터 무슨 영문입니까? 두 분은 내 손님임을 생각하셔서   30

나에게 험한 짓을 하지 마소서.

콘월 이자를 묶어라.   (하인들이 글로스터를 묶는다)

리건   단단히, 단단히 묶어라. 더러운 배신자!

글로스터 그대야 무자비한 여인이나, 난 배신자가 아니오.

콘월 이 의자에 묶어라. 악당아, 너는 알게 될 것이니 ―

        (리건이 글로스터의 턱수염을 뽑는다)

글로스터 하늘의 신들께 맹세하건대   35

  내 턱수염을 뽑는 것은 더없는 치욕이오.

리건 백발이 성성한 주제에 배신이라니!

글로스터   무례한 여인이여,

  그대가 뽑고 있는 내 턱수염들이 살아나서

  그대를 비난할 것이오. 그대는 나의 손님이니

  내 친절한 호의를 도둑의 손으로 이렇게   40

  함부로 대해서는 아니 되는 법. 어찌할 작정이오?

콘월 자, 최근 프랑스 왕으로부터 무슨 편지들을 받았느냐?

리건 사실을 알고 있으니 바른대로 말하라.

콘월 최근에 이곳 왕국에 상륙한 반란자들과

  무슨 공모를 했느냐?

리건   정신 나간 왕을   45

  누구에게 보냈는지 말하라.

글로스터 적이 아니라 중립적인 사람이 보낸

  내용이 불분명한 편지를

  한 통 받긴 했소.

콘월   교활한 놈.

리건   거짓말까지.

콘월 왕을 어디로 보냈느냐?

글로스터   도버로 보냈소.   50

리건 왜 도버냐? 목숨이 위태로울 거라는 명령을 ―

콘월　왜 도버냐? 대답을 하라.

글로스터　곰처럼 묶여 있으니 개떼의 공격을 견딜 수밖에.

리건　왜 도버냐?

글로스터　그대의 잔인한 손톱이 그 노인네의　　　　　　　　　55
　　불쌍한 두 눈을 뽑아 버리는 꼴을 보고 싶지 않았고,
　　잔혹한 그대 언니가 멧돼지 같은 이빨로
　　왕의 기름 부은 옥체를 헤집는 꼴을 볼 수 없었기 때문이오.
　　왕이 맨머리로 지옥같이 컴컴한 밤에 겪었던 그 폭풍우는
　　바다가 치솟아 별빛도 꺼지게 할 정도였소.　　　　　　60
　　그러나 그 불쌍한 노인은 하늘의 폭우에 눈물을 보탰소.
　　그 무시무시한 시각에 늑대들이 문간에서 울었다 해도
　　댁은 〈문지기야, 문을 열어 주어라〉 했을 거요.
　　잔인한 동물도 극한의 상황에선 동정을 보이는 법이거늘,
　　하늘이 당신 같은 자식들을 복수하는 날을 보게 될 것이오.　65

콘월　그런 일은 절대 없을 거다. 여봐라, 의자를 붙잡아라.
　　너의 두 눈을 밟아 버리겠다.

글로스터　사람들이여, 늙을 때까지 살 작정이거든
　　나를 도와주시오! 아, 잔인한 인간! 아, 하늘의 신들이여!

리건　한쪽 눈만 있으면 꼴사나우니 다른 쪽도.　　　　　70

콘월　그래, 하늘의 복수를 볼 양이면 ─

첫째 하인　　　　　　　　　　　　　　공작님 멈추십시오.
　　어린 시절부터 공작님을 섬겨 왔지만
　　공작님께 멈추라고 말한 것보다
　　공작님을 더 잘 섬긴 일은 없었습니다.

리건   감히 이 개 같은 놈이!

첫째 하인 마님이 턱에 수염을 길렀다면   75

　난 이 잔인함에 화가 나 그걸 뽑았을 겁니다.

리건   어디 감히 말대꾸냐?

콘월 빌어먹을 놈!   (칼을 빼서 하인과 싸운다)

첫째 하인 아니, 그렇다면 씩씩거리며 덤벼 보시지요.

리건 칼을 이리 다오. 천한 것이 이렇게 대들다니!

　　　　　　(칼을 들고 달려가며 뒤에서 그를 찌른다)

첫째 하인 아, 나는 죽는구나! 백작은 한쪽 눈이 남았으니   80

　내가 공작에게 가한 상처를 보십시오. 아!   (죽는다)

콘월 더 이상 못 보도록 해주지. 이 사악한 눈알아, 빠져라!

　자, 볼 테면 봐라.

글로스터 온통 깜깜한 절망이다. 내 아들 에드먼드는 어딨소?

　에드먼드, 자식 된 도리를 모두 불태워   85

　이 극악무도한 행동을 중지시켜 다오.

리건   이 배신자 악당, 꺼져라!

　너를 증오하는 자식을 찾는구나.

　너의 배신을 알려 준 사람이 바로 그였다.

　너를 동정하기에는 너무 착한 아들이지.

글로스터 아, 내 어리석음이여! 그렇다면 에드가가 속았구나.   90

　자비로운 신이시여, 나를 용서하고 에드가를 보살피소서!

리건 저자를 대문 밖에 내다 버리고, 냄새를 맡아서

　도버로 가라.   (글로스터를 데리고 하인 한 명 퇴장)

　　　　　　여보, 어떻게 된 거예요? 괜찮아요?

콘월　상처를 입었소. 부인 들어갑시다.

눈 빠진 악당을 내쫓고 이놈은 거름 더미에 던져라.　　　　95

부인, 하필 좋지 않은 때에 당한 이 상처에서

피가 많이 흐르고 있구려. 부축해 주시오.

(리건에 이끌려 콘월 퇴장)

둘째 하인　저자가 잘된다면

나도 거리낌 없이 악을 행하겠다.

셋째 하인　　　　　　　　자연스레 늙어 죽게 될 때까지

마님이 장수한다면　　　　　　　　　　　　　　100

여자들은 모두 괴물로 변하리라.

둘째 하인　늙은 백작님을 따라가서 그 미치광이로 하여금

백작님이 원하시는 곳으로 모셔 가게 하세.

그는 미친 떠돌이니 무슨 짓을 해도 괜찮을 걸세.

셋째 하인　가게. 난 피 흘리는 백작님 얼굴에 붙일 아마포와　　105

달걀 흰자위를 가져오겠네. 하늘이여, 백작님을 도우소서!

(각각 퇴장)

제4막

제1장
(광야)

에드가 등장.

에드가 항상 아첨받으면서도 욕을 먹는 최악의 경우보다는
이렇게 내놓고 경멸을 받는 편이 더 낫지.
운명의 수레바퀴 가장 낮은 곳에서 철저하게 절망한 자는
항상 희망을 품게 되며, 겁날 것이 없다.
최상의 상태에서는 떨어지는 것이 슬프지만   5
최악의 상태에서는 웃을 일만 있을 뿐.
그렇다면 나를 감싸는 허공의 대기여, 어서 오너라.
네가 최악의 상태로 몰아 내친 이 불쌍한 녀석은
너의 광풍에 빚진 것 하나 없다. 그런데 저게 누군가?

한 노인에게 이끌려 글로스터 등장.

아버지가 거지에 이끌려서? 아, 세상이여, 이놈의 세상이여!   10
이런 알 수 없는 변화로 삶을 증오하게 되기에,
우리는 늙어 가는 현실을 받아들일 수 있는 거겠지.

노인   아, 착한 주인님!
저는 주인님의 아버지 대부터
지난 여든 해 동안 주인님의 소작농이었습니다.

글로스터 물러가라, 네가 나를 위안할 수 있는 것은   15
아무것도 없으니 물러가라.
그자들이 너마저 해칠까 걱정된다.

노인   앞을 못 보시잖아요.

글로스터 갈 곳이 없으니 눈도 필요 없다.
눈이 있을 땐 넘어졌지. 풍요로움은 우리를 무신경하게 하고
해가 득이 되는 경우도 흔한 법.   20
아! 내 사랑하는 아들 에드가,
아비가 속아 너에게 화를 냈구나.
살아서 너를 손으로 만질 수만 있다면
다시 눈을 가지는 셈이련만.

노인   무슨 일이지? 거기 누구요?

에드가 (방백) 아, 신이시여! 〈내가 최악이다〉 할 수 있는 자   25
누구입니까? 조금 전보다 최악이구나.

노인   미친 거지 톰이군.

에드가 (방백) 더 나쁠 수도 있겠지.
〈이게 최악이다〉 할 수 있는 한 최악은 아니다.

노인 이보게, 어디로 가고 있느냐?

128

글로스터   거지인가?

노인   미친 거지입니다.

글로스터   정신이 약간 있으니 구걸을 하겠지.

  지난 밤 폭우 속에서 그런 자를 한 명 보았는데

  사람이 버러지와 진배없더구먼. 아들 생각이 들었지.

  그때는 아직 아들에 대한 분이 덜 풀렸었는데

  나중에야 자세한 내막을 듣게 되었어.

  장난꾸러기 아이들이 장난삼아 파리를 죽이듯

  신들은 우리를 가지고 놀지.

에드가   (방백) 이렇게까지 되셨단 말인가?

  보는 사람마저 분노가 치미는 이런 슬픔에 처한 사람 앞에서

  광대 짓은 못 해먹겠다. (큰 소리로) 노인장, 신의 가호를!

글로스터   벌거벗은 녀석이 한 말인가?

노인   그렇습니다, 주인님.

글로스터   그럼 이제 물러가라. 혹시 도버 쪽으로

  1~2마일쯤 우리를 따라잡을 수 있거든

  옛 정을 생각해서

  이 벌거벗은 거지에게 입을 것 좀 가져다주어라.

  이자에게 길을 의탁할 셈이다.

노인   아이고! 이자는 미친 사람입니다.

글로스터   세월이 험하니 미친 사람이 맹인을 인도하는군.

  내가 말한 대로 하든지 아니면 네 멋대로 해라.

  그보다 우선 가보아라.

노인   무슨 일이 있더라도 제가 가진 것 중에서

가장 좋은 옷을 가져다주겠습니다.   (퇴장)

글로스터   여보게, 벌거벗은 친구 ―   50

에드가 거지 톰은 추워요. (방백) 더 이상 못 숨기겠군.

글로스터 이리 오너라.

에드가 (방백) 그래도 숨겨야지 ― 노인장 눈에서 피가 납니다.

글로스터 도버로 가는 길을 아느냐?

에드가 싸리문과 대문, 말이 가는 길과 걸어서 가는 길을 속   55
속들이 알고 있지요. 거지 톰은 무서워서 정신이 다 나
갔습니다. 평민의 자식인 당신에겐 제발 사악한 악마가
따라붙지 않기를! 한꺼번에 다섯 악마들이 거지 톰의 몸
에 들어왔어요. 색마 오비디컷, 마왕 호버디댄스, 도둑
질하는 마후, 살인마 모도, 잔뜩 찌푸린 플리버티지벳이   60
바로 그놈들이지요. 이놈들 때문에 나중엔 하녀와 시녀
들까지 귀신이 들려 버렸습니다. 그러니 부디 조심하세
요, 노인장!

글로스터 받아라. 하늘의 온갖 시련을 견디고 있는 네게
이 돈주머니를 주마. 비참한 내 꼴을 보니 네가 부럽구나.   65
하늘이시여, 항상 이렇게 해주소서!
하늘의 명령을 무시하고, 느낄 수 없다면서 외면하는,
차고 넘치며 색욕에 찌든 사람으로 하여금
하늘 무서운 줄 바로 알게 해주소서.
독차지하는 사람 없이 공평한 분배가 이루어져   70
다들 충분히 가지게 해주소서. 도버 길을 아느냐?

에드가 그렇습니다.

글로스터 꼭대기에서 보면 둘러싸인 바다가

아찔하고 무섭게 내려다보이는 높은 절벽이 있다.

나를 그곳 가장자리까지만 데려다 주면   75

너의 그 비참함을 벗어날 수 있도록

내 몸에 지닌 보석으로 사례를 하겠다.

그곳에서부터는 도움이 필요 없다.

에드가   거지 톰이 인도할 테니

잘 붙드세요.   (퇴장)

제2장
(올버니 공작의 궁전 앞)

고너릴과 에드먼드 등장.

고너릴 잘 왔어요, 백작. 약해 빠진 내 남편이

마중 오지 않았다니 이상하군요.

오스월드 등장.

             그래, 네 주인은 어디 계시느냐?

오스월드 안에 계십니다, 마님. 사람이 완전히 변하셨어요.

주인님께 군대가 상륙했다고 말씀드렸더니

웃으셨습니다. 마님이 오신다고 말씀드렸더니   5

〈갈수록 태산이군〉이라 하셨고요. 글로스터의 배신과
그 아들의 충성에 대해서 알려 드렸더니 저더러
얼간이라 하시면서 사태를 잘못 파악했다고 하셨습니다.
가장 싫어해야 할 것을 즐거워하는 듯 보였고
즐거워해야 할 것을 싫어하는 듯   10
보였습니다.

고너릴   (에드먼드에게) 그렇다면 안 들어가는 게 좋겠어요.
남편은 끔찍하게 겁을 먹고 감히 아무 일도 못 하는군요.
복수해야 할 해악도 못 본 체할 위인이죠.
우리가 오는 길에 바랐던 일이나 성사되었으면 좋겠네요.
에드먼드, 내 제부에게 돌아가요.   15
서둘러 그의 군대를 소집하고 지휘해요.
나는 안에서 무장을 하고 남편 손에 실패를 쥐여 줘야겠어요.
이 충직한 하인이 우리의 연락병 노릇을 할 거예요.
스스로를 위해 모험을 감행할 생각이라면
여인의 명령을 들어야 할 터,   20
아무 말 말고 이걸 받아요.   (사랑의 징표를 건네준다)
머리를 숙여요. 말 없는 이 키스가
그대의 기백을 충천해 줄 거예요.
내 뜻을 잘 헤아리고, 안녕히 가세요.

에드먼드   죽을 때까지 충성을 다하겠소.   (에드먼드 퇴장)

고너릴   내 사랑 글로스터!   25
아! 같은 남자인데 어�쩜 이렇게 다를까.
그대야말로 여인의 사랑을 받을 만한데

얼간이가 내 침실을 차지하고 있구나.

오스월드   마님, 주인님이 오십니다.

(퇴장)

올버니 등장.

고너릴 기척이라도 하셔야죠.

올버니   오, 고너릴!

그대는 거친 바람이 얼굴에다 불어 대는   30

먼지만도 못한 인간이오.

당신 마음이 두렵소.

뿌리를 경멸하는 인간은 위험천만이오.

자신이 태어난 둥치를 자르려는 여자는

틀림없이 시들어서   35

불쏘시개나 될 뿐이오.

고너릴 말도 안 되는 설교 그만하세요.

올버니 악한 자에게는 선한 지혜도 악해 보이는 법.

더러운 자에게는 만사가 더러움을 풍기는 법.

도대체 무슨 짓을 한 거요? 딸이 아닌 호랑이들,   40

당신들이 무슨 짓을 했는지 아시오?

심지어 멍에 씌운 곰도 혀로 핥아 존경심을 표할

그런 선한 늙은 아버지를 미치게 만들다니,

금수만도 못한 패륜이요! 당신들이 그런 짓을 하도록

동서는 가만두었단 말이오?   45

그처럼 국왕의 은혜를 입은 남자이며 군주인 사람이!
이 사악한 죄를 벌하기 위해서 하늘이 즉시
눈에 보이는 징벌자들을 내려보내지 않는다면
바다 괴물들처럼 인간이 인간을 잡아먹는 일이
일어날 것이오.

고너릴   겁쟁이 같은 남자로군요!   50
머리와 뺨을 때려도 참는 인간. 머리에 눈을 달고도
참아야 할 것과 성내야 할 것을 분간하지 못하는 인간.
얼간이들은 악당들이 악을 행사하기도 전에
벌받을 일부터 동정한다는 사실도 모르는 인간!
진군나팔은 어디에 두었나요?   55
프랑스군이 조용한 우리 땅에 군기를 휘날리며
깃털 꽂힌 투구를 쓰고 왕국을 위협하는데 당신은
도덕군자인 양 가만히 앉아 〈아이고, 왜 이럴꼬?〉 하며
울고만 있단 말이에요?

올버니   악마여, 그대 모습을 보시오!
진짜 흉악한 괴물은 악마가 아니라   60
당신 같은 여인의 모습을 하고 있군.

고너릴   아, 엉터리 바보 같은 인간!

올버니 그대, 둔갑해서 자신을 감추고 있는 인간이여,
창피한 줄 알고 그대 모습을 괴물로 만들지 마시오.
마음 같아서는 그대의 살을 다 찢어발기고
뼈를 다 뒤틀어 놓고 싶은 심정이오.   65
아무리 극악한 악마라 해도

여자의 모습은 지키시오.

고너릴　꼴에 남자라고, 야옹!

전령 등장.

올버니　무슨 소식이냐?

전령　공작님, 콘월 공작이 죽었습니다.　　　　　　70
　　글로스터의 다른 쪽 눈마저 빼려고 하다가
　　하인에게 살해되었습니다.

올버니　　　　　　　　　　　글로스터의 눈을!

전령　공작이 기른 하인이 양심의 가책을 받아
　　그 일에 반기를 들고 자신의 주인을 찔렀습니다.
　　그러자 공작이 화가 나서　　　　　　　　　75
　　그 하인을 공격해 죽여 눕혔습니다.
　　그렇지만 심한 상처를 입어 그도 결국
　　목숨을 잃었습니다.

올버니　　　　　　　지상의 죄악을 재빠르게 징벌하시는
　　재판관들이여, 그대들이 하늘에 계심을 보여 주는군요!
　　아, 가련한 글로스터!　　　　　　　　　80
　　다른 한쪽 눈도 잃었단 말이냐?

전령　　　　　　　　　　양쪽 다 잃었습니다.
　　마님, 동생께서 보낸 이 편지에
　　속히 답장을 해주소서.　　　　　　　(편지를 건네준다)

고너릴　　　　　(방백) 한편으론 이 소식이 마음에 들지만

과부가 된 동생 곁에 글로스터가 함께 있으니

만사가 수포로 변해 내 삶의 기쁨을 빼앗길 수도 있겠군.　　　85

그래도 그렇게 나쁜 소식은 아니야.

(큰 소리로) 읽어 보고 답장을 주마.　　　　　　　(퇴장)

올버니　백작의 눈을 뽑을 때 그의 아들은 어디 있었소?

전령　마님과 함께 이곳으로 왔습니다.

올버니　　　　　　　　　　　　이곳에 없는데.

전령　아닙니다, 공작님. 다시 돌아가는 그를 제가 만났습니다.　　90

올버니　그도 이 못된 짓을 알고 있는가?

전령　그렇습니다. 아버지를 밀고한 사람이 바로 그입니다.

마음껏 벌을 주라고

일부러 집을 비웠던 것입니다.

올버니　　　　　　　　　　글로스터 백작이여,

내가 살아서 왕에 대한 그대의 충성심에 보답하고　　　95

그대의 눈에 대한 복수를 해주겠소.

이리 와서 네가 알고 있는 것을 자세하게 말해 보아라.

　　　　　　　　　　　　　　　　　　(퇴장)

제3장
(도버 근처의 프랑스 진영)

켄트와 신사 한 명 등장.

켄트　프랑스 왕이 왜 그렇게 서둘러 돌아갔는지, 그 이유를 알고 있소?

신사　국사와 관련하여 무엇인가 미진한 일이 남아 있었다고 합니다. 이곳에 도착한 이후에야 비로소 생각이 났던 모양입니다. 프랑스 왕국에 있어 워낙 위급하고도 중요한 일이라서 왕이 몸소 귀국하시는 것이 매우 시급하게 요청되었던 것 같습니다. 5

켄트　대신 누구를 사령관으로 남기고 가셨소?

신사　프랑스 총사령관인 라 파르 경입니다.

켄트　편지를 전해 드렸더니 왕비께서는 슬픈 감정을 드러내셨소? 10

신사　예. 편지를 받아 제가 보는 앞에서 읽으셨습니다.
　때때로 억수 같은 눈물이
　연약한 뺨을 타고 흘러내렸고,
　억제할 수 없이 밀어닥치는 격정을 억누르느라 15
　애쓰시는 것 같았습니다.

켄트　　　　　　　　　아! 그렇담 마음이 움직인 거로군.

신사　화를 내지는 않았습니다. 인내와 슬픔이 우위를 점하려 싸우는 것 같았습니다. 햇빛과 비가 동시에 보였고,
　더 좋은 비유를 들자면 미소와 눈물이 똑같았습니다.
　도톰한 입술에 어린 행복한 미소가 20
　눈에 어리는 손님들을 알아보지 못하는 것 같았습니다.
　진주가 다이아몬드에서 떨어져 나오듯
　눈에서 눈물이 흘렀습니다.

모든 슬픔이 그렇게 변할 수만 있다면

더없이 소중한 보석이 되었을 것입니다.

켄트   물어본 것은 없었소?   25

신사 가슴이 짓눌린 듯, 한두 번 아버지의 이름을

힘겹게 내뱉었습니다. 〈언니들! 언니들!

여자의 치욕인 언니들! 켄트! 아버지! 언니들!

아니, 폭풍우 치는 밤중에? 동정심 있는 인간이라면

믿을 수 없는 일이군!〉 하고 외쳤습니다.   30

그 지점에서 신성한 눈으로부터 성수를 떨치고

눈물 섞인 한탄을 뱉으며 자리를 비켜서는

혼자서 슬픔을 삭였습니다.

켄트   우리의 성격을 다스리는 것은

저 하늘의 별들이다. 그게 아니라면 한 부모에게서

그렇게 다른 자식들이 나올 수 없지.   35

그 후로는 말을 나누지 못했소?

신사 그렇습니다.

켄트 그 일이 왕이 귀국하기 전이었소?

신사   아닙니다. 나중 일입니다.

켄트 알겠소.

비탄에 빠진 불쌍한 리어 왕이 마을에 있소.   40

때때로 상태가 좋을 땐 일어났던 일들을 기억하지만,

한사코 딸은 만나려 하지 않고 있소.

신사   왜 그러시죠?

켄트 무정하게 작별 인사도 없이 낯선 외국 땅으로 내쫓고

그녀의 유산을 그 개 같은 딸들에게 주어 버렸다는

최고의 치욕이 계속해서 자신을 괴롭히며 ⁴⁵

따라다니기 때문이지요.

이런 것들이 마음을 너무나 쑤셔 대고 있어,

왕은 코딜리어와 만나지 못하는 거요.

신사　　　　　　　　　　　　아, 불쌍하신 분!

켄트　올버니와 콘월의 군대에 대해서는 들은 바 없소?

신사　진군 중이라고 들었습니다. ⁵⁰

켄트　알겠소. 그대를 주인이신 리어께 데려가서

왕을 돌보도록 하겠소.

중요한 이유가 있어 얼마 동안 변장을 하고 있지만

내 신원이 밝혀지면 나를 알게 된 것을

후회하지 않을 것이오. ⁵⁵

자, 나와 함께 갑시다.　　　　　　　　　(퇴장)

제4장
(같은 장소)

북과 군기를 들고 코딜리어, 의사, 군인들 등장.

코딜리어　아! 아버지다. 방금 전에 성난 바다처럼 미쳐서

큰 소리로 노래 부르고, 반짝이는 자주괴불주머니와

이랑 잡초, 흰 마디풀, 독미나리, 쐐기풀,

구륜 앵초, 가라지와 식용 옥수수밭에서 자라는
무익한 잡초들로 만든 화관을 머리에 쓰고 있었소.   5
1백 명의 군사를 내보내
무성하게 자란 들판을 샅샅이 찾아서
아버지를 내 눈앞에 모셔 오시오.   (장교 한 명 퇴장)
                                아버지의 정신을 온전케 할
무슨 방법이 있소? 아버지를 회복시키는 사람은
후한 보답을 받을 것이오.   10

의사   마님, 방법이 있습니다.
인간의 본성을 지켜 주는 휴식이
지금 폐하에겐 부족합니다.
많은 약초를 써서 잠들게 하면
모든 고통이 가라앉을 겁니다.

코딜리어   모든 비방과   15
알려지지 않은 약초들이 내 눈물과 함께 자라나서
그 착한 분의 고통을 낫게 해주는 데 도움이 되었으면!
억누를 수 없는 분노로
지탱할 힘마저 없는 목숨을 앗아 가지 않도록
어서 가서 찾아 보시오.

전령 등장.

전령   마님, 전할 소식이 있습니다.   20
브리튼의 군대가 이곳으로 오고 있습니다.

코딜리어 알고 있다. 이미 대비를 하고 기다리고 있었다.

아, 사랑하는 아버지!

내가 하는 일은 아버지 때문입니다.

위대하신 프랑스 왕은   25

애통해하는 내 간청의 눈물을 불쌍히 여겼고

헛된 야심이 아닌, 나에 대한 사랑과

아버지의 권리를 위해서 군사를 내었습니다.

곧 아버지의 소식을 듣고 뵙게 되었으면!   (퇴장)

제5장
(글로스터 성의 방 안)

리건과 오스월드 등장.

리건 형부의 군대도 출정했느냐?

오스월드   그렇습니다, 마님.

리건 형부도 몸소 참전했느냐?

오스월드   마지못해 했습니다.

마님의 언니가 더 용감한 군인이십니다.

리건 에드먼드 공이 네 주인과 집에서 말을 나누지 않았느냐?

오스월드 나누지 않았습니다.   5

리건 언니가 에드먼드에게 보내는 편지는 무슨 내용이지?

오스월드 모르겠습니다, 마님.

리건 참, 그는 중대한 일로 급히 나갔지.

  눈을 뺀 글로스터를 살려 두다니,

  정말 엄청난 바보짓이었다.   10

  가는 곳마다 그는 민심을 우리에게서 돌려놓고 있어.

  아마 에드먼드는 앞 못 보는 그가 불쌍해서

  아예 아비를 죽이러 간 거겠지.

  아울러 적의 세력도 파악할 겸.

오스월드 마님, 이 편지를 가지고 그를 쫓아가 봐야겠습니다. 15

리건 우리 군대가 내일 출정하니 여기 우리와 함께 있어라.

  길이 위험하다.

오스월드   아니 됩니다. 주인마님께서

  분부를 잘 수행하라고 명령하셨습니다.

리건 언니가 왜 에드먼드에게 편지를 썼지?

  언니의 뜻을 네가 구두로 전달할 수는 없느냐?   20

  정확히는 모르겠지만 뭔가 냄새가 나는 것 같군.

  사례를 할 테니 그 편지 좀 뜯어보자꾸나.

오스월드   마님, 전 차라리 ─

리건 네 주인마님이 남편을 사랑하지 않는 것은

  나도 잘 알고 있다. 얼마 전 이곳에 왔을 때

  에드먼드에게 야릇한 추파를 던지는 것도 보았지.   25

  내가 알기로 너는 언니의 신뢰를 받고 있으렷다.

오스월드 제가요?

리건 다 알고서 하는 말이다. 그렇고말고.

  그러니 충고하는데 내 말을 잘 들어라.

내 남편은 죽었고 나와 에드먼드는 서로를 이해하니　　　30
그는 너의 안주인보다는 내 차지가 되는 게 옳다.
나머지는 네가 알아서 추측해라.
에드먼드를 찾거든 그에게 이것을 주어라.
내가 너에게 무슨 말을 하더냐고 네 안주인이 묻거든
제발 정신 차리라 하더라고 일러 주고.　　　35
자, 그럼 잘 가거라.
만일 그 눈먼 배신자 소식을 듣게 된다면
그의 목을 잘라서 출세를 해라.
오스월드　제가 어느 편인지 보여 드리기 위해서라도
그를 만났으면 좋겠습니다, 마님.
리건　　　　　　　　　　　　　잘 가거라.　　　　(퇴장)　40

제6장
(도버 근처의 시골)

글로스터와 농부 차림을 한 에드가 등장.

글로스터　언제쯤 그 언덕 꼭대기에 이르게 되겠느냐?
에드가　지금 올라가고 있습니다. 얼마나 힘을 쓰는지 보세요.
글로스터　땅이 평평한 것 같은데.
에드가　　　　　　　　　　　　무시무시한 절벽입니다.
들어 보세요! 저 바다 소리 들리시죠?

글로스터   아니, 전혀 안 들리는데.

에드가 그렇다면 눈의 고통 때문에 다른 감각들도   5
희미해지신 거군요.

글로스터   정말 그런지도 모르지.
그런데 자네, 목소리도 변한 것 같고
말의 표현과 내용도 전보다 더 좋아진 것 같군.

에드가 그럴 리가요. 옷을 바꿔 입은 것 말고는 달라진 게
하나도 없습니다.

글로스터   말씨와 어법이 훨씬 나아진 것 같은데.   10

에드가 자, 다 왔습니다. 가만히 계세요.
저 아래를 쳐다보면 얼마나 아찔하고 무서운지요!
절벽 중간 높이에서 날고 있는 까마귀와 갈가마귀들이
겨우 딱정벌레만 하게 보이고 그 반쯤 아래에는
초본을 채집하는 약초꾼이 아찔하게 매달려 있군요!   15
온몸이 머리만 한 크기로 보입니다.
해안에서 걸어다니는 어부들은 생쥐같이 보이고
저기 정박한 큰 범선도 구명선처럼 작아 보이고,
구명선은 부표처럼 작아서
눈에도 들어오지 않을 지경입니다.   20
흩어진 자갈밭을 스치며 끝없이 웅얼대는 파도 소리도
이 높은 곳에선 들리지도 않습니다.
머리가 어지러워 흐린 눈으로 곤두박질치지 않으려면
그만 내려다봐야겠어요.

글로스터   자네 서 있는 곳으로 나를 데려다 줘.

에드가　　바로 절벽 한 치 앞이니 저를 붙잡으십시오.　　　　25

　세상을 다 준다 해도

　여기서는 뛰어내리지 않겠습니다.

글로스터　　　　　　　　　　　　　　내 손을 놓게.

　이 사람아, 이 돈주머니를 받아. 거기 들어 있는 보석이면

　팔자를 펼 수 있을 거야. 요정들과 신들의 가호가

　자네에게 깃들기를! 이제 자네는 물러서서 작별 인사를 하고　　30

　돌아가는 발소리를 내게 들려줘.

에드가　　그럼 안녕히 계십시오, 노인장.

글로스터　　　　　　　　　　　　　잘 가게나.

에드가　　(방백) 내가 절망에 빠진 아버지와 장난을 치는 이유는

　그 절망감을 치유하기 위해서지.

글로스터　　　　　　　(무릎을 꿇으며) 아, 위대하신 신들이여!

　이제 이 세상 하직하고 그대들이 보는 앞에서　　　　　　　35

　조용히 세상의 고통을 벗어 버리려 합니다.

　이 고통을 더 참고 견디며

　저항할 수 없는 하늘의 뜻을 따르려다가는

　꺼져 가는 더러운 육신이 다 타버릴 터.

　에드가가 살아 있다면 그를 축복해 주소서!　　　　　　　40

　여보게, 이제 잘 가게.

에드가　　　　　　　　이미 가고 있습니다. 안녕히 계세요.

　　　　　　　　　　(글로스터가 몸을 던져 넘어진다)

　자살하려 해도, 죽고 싶다는 생각만으로

　소중한 목숨이 사라지는 것은 아니지.

아버지 생각대로 되었다면

지금쯤은 돌아가셨을 테지만.   45

살았습니까, 죽었습니까?[11] 이봐요, 내 말 들려요?

말 좀 해봐요. 진짜 돌아가셨나? 살아 계시는군.

댁은 누구십니까?

글로스터　　　죽게 놔두고 비키시오.

에드가　거미줄이나 깃털이나 공기처럼 가벼운 것이 아니라면

이렇게 높은 절벽에서 떨어졌으니 달걀처럼 박살이 났을 터.   50

그런데도 댁은 멀쩡히 숨을 쉬고

육중한 몸에 피도 흘리지 않고 말도 하십니다그려.

댁이 수직으로 떨어진 절벽의 높이는

돛대 열 개를 연결해도 다다를 수 없는 정도입니다.

목숨을 건진 것이 기적이지요. 다시 말을 해보시지요.   55

글로스터　내가 떨어진 것이 맞소?

에드가　흰 바닷가 무시무시한 절벽 꼭대기에서 떨어졌습니다.

위를 보세요. 저 멀리 날카로운 소리를 내는 종달새가

보이지도 들리지도 않습니다. 쳐다보시라니까.

글로스터　아이고! 난 눈이 없소이다.   60

이 기구한 팔자는 죽을 수도 없단 말인가?

비참한 삶의 고통을

죽음으로 끝내려 했을 때는

그래도 약간의 희망이 있었는데.

11 에드가가 거지 톰에서 다시 시골 농부로 변하여 절벽에서 떨어진 글로스터
를 바닷가에서 발견한 듯 연기를 하는 대목이다.

에드가   자, 나를 붙잡고 일어서시죠.

팬찮아요? 일어설 수 있겠습니까? 멀쩡하시군요.   65

글로스터   아주 멀쩡하오.

에드가   정말 신기한 일입니다.

저기 절벽 꼭대기에서 댁과 헤어진 것은

무엇이었죠?

글로스터   불쌍한 거지였소.

에드가   내가 이 아래에 서서 보니까

그의 두 눈이 만월 같고 코는 1천 개나 되었으며,   70

만곡 진 바다처럼 뒤틀린 물결 모양의 뿔이

달려 있는 것으로 보아 무슨 악마 같았습니다.

그러니 인간으로서는 불가능한 일들을 행하시는

의로운 신들이 다행히도 댁을 살려 주신 거요.

글로스터   이제 기억이 나는군. 이제부터는 고통이   75

〈이젠 됐다, 이젠 됐어〉 하고 외치면서 내 곁을 떠날 때까지

감내하며 살아가겠소. 그대가 말한 것을 나는

사람으로 알았소. 자주 〈악마다, 악마다〉라고 말하면서

나를 그 절벽으로 데려다 주었지.

에드가   인내를 갖고 좋게 생각하세요. 그런데 저건 누구지?   80

            야생화로 어지럽게 치장한 리어 등장.

정신이 멀쩡한 사람이면

이런 차림으로 나다니지 않을 텐데.

리어 나는 국왕이니 위폐범으로 나를 잡을 수는 없지. 암,
없고말고.

에드가 아, 옆구리를 쑤시는 듯한 광경이구나!   85

리어 왕은 천부의 권리를 잃을 수 없는 법이지. 자, 여기 징
용 비용이다. 저기 있는 저 녀석은 활을 허수아비처럼
다루는구나. 어디 활시위를 한번 당겨 봐라. 저기, 저기
생쥐 좀 보게! 조용, 조용히 하란 말이야! 이 구운 치즈
한 조각이면 저놈을 잡을 수 있겠구나. 자, 내 도전을 받   90
아라. 이 몸이 거인과 맞서 싸우겠노라. 창기병들을 불
러오너라. 아, 정말 잘 쐈구나, 명중이다, 명중. 씽! 암호
를 대라.

에드가 꽃박하.

리어 통과.   95

글로스터 아는 목소리구나.

리어 하! 하얀 턱수염을 기른 고너릴이라! 그것들이 개처
럼 나한테 온갖 아첨을 해대면서, 내 턱에 검은 털이 나
기도 전에 흰 수염이 났다고 말했지. 내가 무슨 말만 하
면 그 말끝마다 〈지당하시옵니다〉, 〈아니옵니다〉만 해   100
댔지. 〈지당하시옵니다〉나 〈아니옵니다〉 같은 그런 무
분별한 의견은 좋은 것이 아니야. 비가 내 몸을 적실
때, 찬바람이 나를 덜덜 떨게 할 때, 천둥이 내 명령에도
그치지 않을 때, 나는 그것들의 정체를 알았지. 낌새를
챈 거야. 아서라, 아서. 그것들의 말에 진심이라고는 없   105
지. 그것들이 얘기하기로는 내가 전지전능하다 했지만

그건 다 새빨간 거짓말이야. 이것 봐라. 나도 오한이 들

잖아.

글로스터   저 특이한 목소리를 내가 잘 기억하고 있다.

국왕이 아니십니까?

리어   그래, 어느 모로 보나 속속들이 왕이지.   110

내가 눈을 부라리면 백성들이 사시나무 떨듯 하지.

저자의 목숨은 살려 주마. 너의 죄목은 무엇인고?

간음이라고? 살려 주마.

간음했다고 사형이라? 그건 아니지.

굴뚝새도 그 짓을 하고 작은 금색 파리도   115

내 눈앞에서 음행을 행한다. 교접하라.

글로스터의 서자가 적법한 내 딸들보다

그 아비에게 더 효심이 지극했다.

색정이여, 마음껏 펼쳐라!

나에겐 군사가 부족하다.   120

가랑이 사이로 정숙한 척 얼굴을 감추는

저 교태에 찬 여인을 보아라.

정숙한 척하며 음담패설을 못마땅해하는구나.

족제비나 살찐 말도 그녀보다 더 격렬하게

색정을 탐하지는 않는다.   125

저자들은 윗도리만 여자일 뿐

허리 아래로부터는 반인반수 괴물이지.

허리띠 윗부분은 신들의 차지,

그 아래는 악마의 것이지.

그곳이 지옥이고 어둠이야. 130

타오르고 이글거리며 악취를 풍기고 파괴적인

유황 불구덩이지. 퉤, 퉤, 퉤! 욱, 냄새! 용한 약제사여,[12]

내 생각을 향기롭게 할 사향 1온스만 주게나.

자, 돈은 여기 있네.

글로스터   아! 그 손에 입 맞추게 해주소서.

리어 죽음의 냄새가 날 테니 손 먼저 닦고. 135

글로스터 아, 정신을 놓으시다니!

온 우주가 남김없이 몰락하리라. 저를 알아보시겠습니까?

리어 그대 눈을 잘 기억하고 있지. 나를 째려보는 건가?

눈먼 큐피드여, 아무리 용을 써도 나는 사랑하지 않겠다.

이 도전장을 읽고 그 필체를 잘 봐라. 140

글로스터 이 편지들이 태양이라 해도 소신은 볼 수 없나이다.

에드가 (방백) 소문이라면 이 장면을 믿지 않겠지만

사실이니 내 가슴 터지는구나.

리어 읽어라.

글로스터 아니, 눈두덩만 가지고 말입니까? 145

리어 오호, 진심인가? 얼굴에는 눈이 없고 지갑에는 돈이 없

단 말인가? 자네 눈은 어려움에 처했고 돈주머니는 가

벼움에 처했군. 그렇지만 자네는 세상 돌아가는 법을 보

아 알고 있겠구먼.

글로스터 느낌으로 알고 있습니다. 150

리어 아니, 자네 미쳤나? 눈이 없어도 세상 돌아가는 법은

12 글로스터를 향해 하는 말이다.

볼 수 있는 법이라네. 귀로 보란 말이야. 저기 있는 재판
관이 저기 있는 불쌍한 절도범에게 소리치는 것 좀 보
게. 귀로 들어 보란 말이야. 두 사람의 자리를 바꿔 놓으
면 누가 재판관이고 누가 도둑인지 알 수 있겠나? 자네   155
혹시 농부의 개가 거지를 향해 짖어 대는 것을 본 적이
있는가?

글로스터   그렇습니다.

리어   그래, 인간이 똥개를 피해 달아나지?
바로 거기에서 권력의 형상을 본 셈이네.   160
관직에 있는 자에게는 개가 순종을 하지.
너 못된 포졸아, 그 끔찍한 손 거두어라!
왜 그 창녀에게 채찍을 가하느냐? 너의 등부터 벗어라.
채찍 맞는 그녀의 색정에 너 또한 불타고 있지 않느냐.
고리대금업자가 사기꾼에게 교수형을 언도하는 꼴이다.   165
해어진 넝마 사이로 작은 악덕 드러나지만
모피 외투는 모든 것을 감추는 법. 죄에 금박을 입혀 봐라.
그러면 정의의 강한 창끝도 맥없이 부러지고 만다.
그러나 넝마를 입히면 난쟁이의 지푸라기도 뚫어 버리지.
아무도 죄가 없다, 정녕코 아무도. 내가 보장하지.   170
고소자의 입술을 다물게 할 힘을 지닌 나의 말이니
믿어도 좋아. 유리 눈알을 박게나.
그러고서 더러운 음모꾼처럼 안 보이는 것을
보는 척하게나. 자, 자, 자, 자. 내 구두를 벗겨 주게.
더 세게, 더 세게.   175

에드가 (방백) 아, 조리(條理)와 헛소리가 섞인

  광기 속의 이성이여!

리어 내 처지를 보고 울라치면 내 눈을 가져가게나.

  내 자네를 잘 알지. 자네 이름은 글로스터야.

  참게나. 우린 울면서 세상에 태어났지.   180

  자네도 알듯이 우리는 세상에서 첫 숨을 내쉬며

  소리쳐 울부짖잖아. 한 수 가르쳐 줄 테니 잘 듣게.

글로스터 아, 어찌 이런 일이!

리어 태어날 때, 우리는 바보들의 이 큰 무대에 오른 것을

  울부짖는다네 — 이거 좋은 모자로군!   185

  한 무리의 말발굽을 이 펠트 양모로 싸주면

  산뜻한 전략이 되겠어. 시험을 해봐야겠군.

  사위 놈들을 기습하게 되면 다 죽여야지,

  죽여, 죽여, 죽여, 죽여, 죽여!

       신사 한 명과 시종들 등장.

신사 아! 여기 계시는군. 왕을 붙들어라.   190

  폐하, 따님께서 —

리어 구출해 주는 자도 없단 말이냐? 뭐, 포로가 되었다고?

  운명의 노리개 꼴이구나. 보석금을 받게 될 것이니

  나를 잘 대접하라. 골수까지 찔렸으니

  의사를 불러 달라.

신사   필요한 것은 무엇이든 말씀하십시오.   195

리어 시종도 없이 나 혼자뿐이란 말이냐?

　사람을 눈물깨나 흘리게 해서

　눈을 정원의 물뿌리개로 만들고

　가을 먼지를 가라앉히는 데 쓸 작정이군.

　산뜻한 신랑처럼 근사하게 죽겠다. 그래, 기쁘게 여겨야지. ₂₀₀

　자, 자, 여보게들, 내가 여전히 왕이라는 사실을 알아 두게.

신사 폐하는 국왕이시고 우리는 모두 폐하의 신하들입니다.

리어 아직 절망적이진 않군. 자, 잡으려거든 달려 보게.

　쫓아라, 쫓아, 쫓아, 쫓아.

　　　　　　　　　　　(달아나며 퇴장. 시종들도 따라서 퇴장)

신사 왕이 아니라 가장 미천한 녀석의 일이라 해도　　　₂₀₅

　차마 눈 뜨고 못 볼 광경이군!

　두 딸들이 행한 인간 본성에 어긋난 패륜을

　치유해 줄 딸이 한 명 남아 있습니다.

에드가 안녕하십니까, 양반님!

신사 　　　　　　　　　안녕하시오. 그래, 무슨 일이오?

에드가 닥쳐오는 전쟁에 대해 들으신 것 있으신지요?　　₂₁₀

신사 귀 있는 자들은 한결같이

　누구나 듣고 있소이다.

에드가 　　　　　실례지만 다른 쪽 군대[13]는

　얼마나 가까이 있습니까?

신사 매우 가까운 곳에서 빠르게 진군하고 있소.

　한 시간쯤 후면 본대를 보게 될 것이오.

13 고너릴과 리건의 군대.

에드가   고맙습니다. 그뿐입니다.   215

신사 특별한 이유가 있어 왕비는 여기 계시지만

　왕비의 군대는 이동했소.

에드가   고맙습니다.   (신사 퇴장)

글로스터 항상 다정하신 신들이여, 그대들이 원하기 전에

　내 사악한 마음이 또 죽음을 택하라 유혹하지 못하도록

　내 목숨을 거두어 가소서.

에드가   좋은 바람입니다, 아버지.[14]   220

글로스터 그런데 당신은 누구시오?

에드가 운명의 돌팔매를 견뎌야 했던 거지입니다.

　제가 겪은 슬픔을 통해 배웠기에

　동정심이 강한 사람입니다. 저를 붙잡으세요.

　거할 만한 곳으로 모셔다 드리지요.

글로스터   정말 고맙소.   225

　하늘의 축복과 풍만함이

　그대에게 깃들기를!

오스월드 등장.

오스월드   현상범이구나! 정말 운도 좋아!

　눈이 빠진 그대의 머리는 나를 출세시키려 만들어졌군.

　그대 늙고 비참한 배신자여,

　그대 처치할 칼을 내가 빼 들었으니   230

　14 자신의 아버지라는 뜻도 있지만 아버지뻘 되는 노인이라는 의미가 더 강하다.

그대의 죄를 우선 회개하라.

글로스터   그렇다면 네 친절한 손으로 칼을
힘차고 굳게 쥐어라.   (에드가가 끼어든다)

오스월드   건방진 농부야, 너는 무슨 이유로
공공연한 반란자를 감히 도우려 한단 말이냐?
그와 같은 불운한 꼴을 당하고 싶지 않거든 비켜라.
이자의 팔을 놔라.   235

에드가 이유를 더 알기 전에는 못 놓겠네유.[15]

오스월드 이 빌어먹을 녀석아, 안 놓으면 죽여 버리겠다.

에드가 착한 양반, 당신 갈 길이나 가시고 불쌍한 사람들일
    랑 지나가게 해주슈. 내가 만약에 이 세상에 태어난 지
    두 주일밖에 안 된 깟난애라믄 당신 같은 허풍썬이 때문 240
    에 혼비백산 겁을 먹었겠지유. 아니, 내 경고허는디 이
    노인 곁에 가까이 오덜 말고 물러서슈. 안 그러믄 당신
    대갈통이 더 쎈지 내 곤봉이 더 쎈지 시험해 보겠슈. 이
    건 내 진심이유.

오스월드 꺼져라, 이 똥 덩어리 같은 놈!   245

에드가 당신 이빨을 뽑아 버리겠슈. 자, 협박 그만하고 어서
    뎀비슈. (둘이 싸우다가 에드가가 오스월드를 때려눕힌다)

오스월드 이 악당, 네가 나를 죽이는구나. 이놈아,
이 돈주머니를 가져라. 살아남거든 내 시체를 묻어라.
브리튼 진영에 가서   250
글로스터 백작인 에드먼드를 찾아

15 에드가는 이곳에서 의도적으로 방언을 쓰고 있다.

내 몸에 지니고 있는 편지를 전해라.

아! 때 이른 죽음이로구나, 죽음!　　　　　　　　(죽는다)

에드가　충직한 악당, 내 너를 잘 알지.

더할 나위 없이 못된 네 안주인의　　　　　　　　255

악행을 돕는 놈.

글로스터　　　아니, 그자가 죽었소?

에드가　아버지, 여기 앉아서 쉬세요.

호주머니를 뒤져 봅시다. 이자가 말한 편지가

도움이 될지도 모르니. 이자는 죽었습니다.

다른 사람의 손에 죽지 않은 것이 유감일 뿐.　　　260

적의 마음을 알기 위해 그들의 심장도 찢는 판에

편지를 뜯어보는 것쯤이야 더욱 합법적이지.

예의야 욕하지 말고, 봉인아 허락해 다오.

(읽는다) 우리 서로의 맹세를 기억해요. 그자를 살해할

기회가 많을 거예요. 마음만 먹는다면 기회는 충분하　265

겠죠. 그가 승리해서 돌아온다면 만사가 헛된 거예요.

그땐 나는 다시 포로가 되고 그의 침실은 나의 감옥이

될 겁니다. 그 지겨운 침상에서 나를 구출해 주고 그

자리를 당신의 몫으로 차지하세요.

당신의 아내라고 말하고 싶은　270

사랑하는 애인

고너릴.

아, 끝 모를 여인의 욕정이여!

훌륭한 자기 남편의 목숨을 내 동생과 바꿔치기하려 하다니!

살인적인 호색한들의 더러운 전령인 그대를   275

이곳 모래밭에다 대충 묻어 주겠다.

적당한 때가 되면 이 사악한 편지를

살인 음모를 당한 공작에게 직접 보여 줘야지.

너의 죽음과 임무에 대해서도

그에게 말해 주는 것이 좋겠군.   280

글로스터 왕이 미치신 마당에 내가 굳건히 서서

이 엄청난 슬픔을 온전히 느끼고 있다니,

내 못된 감각은 얼마나 질기단 말인가!

나도 미쳤으면 좋으련만!

그러면 내 생각은 슬픔과 동떨어지고   285

고통은 망상으로 고통 스스로를 모를 텐데.

(멀리서 북소리가 들린다)

에드가   자, 손을 잡으세요.

저 멀리서 북소리가 들리는 것 같습니다.

자, 아버지, 내 친구 집에서 재워 드리지요.   (퇴장)

제7장
(프랑스 진영의 막사)

코딜리어, 켄트, 의사, 그리고 신사 등장.

코딜리어 아, 선한 켄트 공이시여! 그대의 공을 내 살아서
어떻게 다 갚을 수 있겠소? 평생 갚아도 부족하고
그 무엇으로도 할 수 없을 것이오.

켄트 알아주시는 것만으로도 충분합니다.
제가 말씀드린 것은 가감 없이   5
있는 그대로입니다.

코딜리어   옷을 갖춰 입으시오.
이 남루한 옷을 보면 그 끔찍한 시간들이 생각나니
제발 벗어 버리시오.

켄트   마마, 용서하십시오.
정체가 탄로 나면 제 뜻을 이루지 못하게 될 것 같으니,
적절한 때가 될 때까지 마마께서는 저를 모르는 체하시고   10
제 신분을 숨겨 주시는 것이 유리할 것입니다.

코딜리어 좋도록 하시오. (의사에게) 왕은 상태가 어떠신가?

의사 주무시고 계십니다.

코딜리어 아, 신들이시여,
학대받은 아버지 마음의 상처를 치유하여 주소서!   15
아, 이 어린애로 변한 아버지의 어긋난 감각들을
바로잡아 주소서!

의사   마마, 왕을 깨워 드릴까요?
오랫동안 주무셨습니다.

코딜리어 의사답게 알아서 뜻대로 하시오.
옷을 입혀 드렸소?   20

하인들의 들것에 실려 리어 등장.

신사 예, 마님. 곤히 주무실 때

새 옷을 입혀 드렸습니다.

의사 마님, 왕을 깨워 드릴 때 옆에 계십시오.

틀림없이 제정신을 차리셨을 겁니다.

코딜리어   좋소.   (음악 소리)

의사 더 가까이 오십시오. 거기, 음악 소리를 더 크게 하라!   25

코딜리어 아, 아버지! 제 입술에

아버지의 정신을 되돌릴 수 있는 약이 묻어 있어서

언니들이 가한 엄청난 해악들이

이 입맞춤으로 치유되기를!

켄트   상냥하고 사랑스러운 공주님!

코딜리어 언니들의 아버지가 아니었다 하더라도   30

이 성성한 백발은 동정심을 자아냈을 것입니다.

이 얼굴로 휘몰아치는 폭풍을 맞으시고

무시무시한 천둥소리를 견디셨단 말입니까?

이리저리 사정없이 내리치는 번개를 견디셨단 말입니까?

불쌍한 척후병처럼, 그래, 이 작은 머리로   35

지켜보셨단 말입니까? 나를 물어뜯은 적군의 개라 해도

그런 밤엔 내 화롯불을 쪼이게 했을 것이다.

그래, 곰팡이 핀 짧은 밀짚 깔린 움막에서

비참한 거지들과 떠돌이와 기꺼이 같이 계셨단 말입니까?

아이고, 아이고! 아버지의 목숨과 정신이   40

한꺼번에 다 끝장나지 않은 것이 기적이군요.

아버지가 깨어나신다. 말을 걸어 보시오.

의사 마님께서 말을 거시는 것이 가장 좋겠습니다.

코딜리어 폐하 어떠십니까? 기분이 어떠십니까?

리어 무덤에서 나를 건져 내다니, 실수한 거요.   45

그대는 천국에 있는 영혼이지만 나는 불 바퀴에 매달려

내 눈물이 뜨겁게 녹은 납처럼

화상을 입힌다오.

코딜리어   폐하, 저를 알아보시겠습니까?

리어 그대는 내가 아는 귀신이군. 어디서 죽었더냐?

코딜리어 여전히 온정신과는 멀리 계시는구나.   50

의사 아직 다 깨어나시지 않았으니 잠시 지켜보시지요.

리어 내가 어디에 있었지? 여기가 어디냐? 밝은 대낮이냐?

나를 속이고 있군. 다른 사람이 이렇게 속는 걸 봤다면

불쌍해서 죽을 지경이었을 터. 무슨 말을 해야 할까.

설마 이것이 내 손은 아니겠지. 어디 보자.   55

이 핀으로 찔러 보니 감각이 있군. 내가 살아 있는 건지

확실히 알 수 있으면 좋으련만!

코딜리어   아! 폐하, 저를 보시고

저에게 손을 얹고 복을 빌어 주소서.

아닙니다, 무릎을 꿇어서는 안 됩니다.

리어   제발 나를 놀리지 마라.

나는 여든 넘은 어리석고 노망난 늙은이다.   60

한 시간도 더하거나 빼지 않고 말이지.

더군다나 솔직하게 말하자면

정신도 온전치 않은 것 같다.

그대와 이자는 내가 아는 사람이 틀림없는 듯한데

이곳이 어딘지도 모르겠고,   65

이 옷들 또한 아무리 해도 기억에 없으며,

간밤에 어디서 묵었는지도 모르겠으니 긴가민가하구나.

비웃지 마라.

내가 사람임이 분명하듯이 이 여인은

내 아이 코딜리어가 틀림없구나.

코딜리어   맞습니다, 맞아요.   70

리어 울고 있느냐? 그렇군. 제발 울지 마라.

내게 독배를 준다면 내 마시겠다.

날 좋아하지 않는 것을 알고 있다. 내 기억에 네 언니들이

나를 모질게 대했다. 너는 그래도 되지만

그것들은 그러면 안 되지.

코딜리어   그렇지 않습니다, 그렇지 않아요.   75

리어 이곳이 프랑스냐?

켄트   폐하의 왕국입니다.

리어 나를 속이지 마라.

의사 마님, 안심하십시오. 큰 고비는 넘겼습니다.

그러나 지난 일을 다 기억하게 하시면 위험합니다.

안으로 들게 하시고   80

마음이 더욱 안정될 때까지는

가만히 두십시오.

코딜리어 폐하, 안으로 들어가시겠습니까?

리어   너와 함께 가겠다.

제발 늙고 어리석은 아비를 잊고 용서해라.

                              (리어, 코딜리어, 의사, 시종들 퇴장)

신사 콘월 공작께서 그렇게 살해되었다는 얘기가 틀림없는   85
사실입니까?

켄트 확실하오.

신사 그의 군사들은 누가 지휘하고 있습니까?

켄트 글로스터 백작의 서자라 들었소.

신사 소문에 따르면 추방당한 그의 아들 에드가가 켄트 백   90
작과 함께 독일에 있다고 합니다.

켄트 여러 소문이 분분하오. 왕국의 군대가 빠르게 진군해
오고 있으니 이제 대비를 해야 할 시간이오.

신사 이 결전은 온통 유혈이 낭자할 것 같습니다. 그럼 안녕
히 계십시오.   (퇴장)   95

켄트 오늘 전투에서 이기든 지든
내 삶의 목적이 완전히 끝장을 보겠구나.   (퇴장)

제5막

제1장

(도버 근처 브리튼 진영)

북과 군기를 가지고 에드먼드, 리건,

장교들, 사병들, 기타 인물들 등장.

에드먼드 공작께서 싸우겠다는 지난 결심을 계속하고 계신지

아니면 마음을 바꾸셨는지 알아보아라.

워낙 변덕이 심하고 자책이 강한 사람이다.

공작의 생각을 바로 알아 오너라.   (장교 퇴장)

리건 언니의 하인은 화를 당한 게 분명해요.   5

에드먼드 그런 것 같소이다.

리건   이제 백작은

내 마음을 아셨으니

진실되게 사실만을 말해 주세요.

언니를 사랑하고 있는 것은 아니지요?

에드먼드   존경하고 있소.

리건 그러나 형부를 대신해서   10
  언니의 잠자리에 든 적은 없었죠?

에드먼드   당신답지 못한 생각이군.

리건 그대가 육체적인 의미에서
  언니와 가슴을 맞대고 결합했을까 겁이 나는군요.

에드먼드 내 명예를 걸고 그런 일 없소.

리건 언니가 우리 사이를 갈라놓는 것을 참을 수 없어요.   15
  백작은 언니와 가까이 지내지 마세요.

에드먼드   걱정하지 마시오.
  마침 언니와 공작이 오시는군!

    북과 군기를 가지고 올버니와 고너릴과 군인들 등장.

고너릴 (방백) 동생이 그와 나 사이를 갈라놓게 하느니
  차라리 전쟁에서 패하는 편이 낫겠어.

올버니 사랑하는 처제, 잘 만났소.   20
  백작, 우리의 폭정을 피해 도망한 사람들과 함께
  왕이 딸을 만났다는 소식을 들었소.
  나는 정직할 수 없는 곳에서 용맹을 발휘한 적이 없소.
  짐이 이번 일과 관련 있는 것은
  프랑스 왕이 우리 영토를 침범했기 때문이오.   25
  정당하고 중대한 이유로 우리에게 반기를 드는 이들과 함께
  국왕을 지지하기 때문은 아니란 얘기요.

에드먼드 지당하신 말씀입니다.

리건   왜 이유를 따지고 있죠?

고너릴 적에 대항해서 힘을 합쳐해요.

　지금 이처럼 사사롭게 내부적인 언쟁을　　　　　　　30

　벌일 때가 아닙니다.

올버니   그렇다면 경험 있는 군인들과 더불어

　우리의 진군을 결정합시다.

에드먼드 곧장 공작의 막사로 가겠습니다.

리건 언니도 우리와 함께 갈 거지?

고너릴 아니야.　　　　　　　　　　　　　　　　　35

리건 우리와 함께 가는 것이 좋겠는데.

고너릴 (방백) 아하! 내가 그 속뜻을 알지 — 좋아, 가겠다.

　　　　　모두 퇴장할 때 변장한 에드가 등장.

에드가 공작께서 이 불쌍한 자와 얘기할 수 있으시다면

　제 말을 한마디만 들어 주세요.

올버니   먼저들 가시오.

　　　(에드먼드, 리건, 고너릴, 장교들, 병사들, 시종들 퇴장)

　　　　　　　　　　　　　　　　　　말해 보라.

에드가 전쟁을 하시기 전에 이 편지를 뜯어보십시오.　　40

　승리하시거든 나팔을 불어 편지 가져온 자를 찾으시고요.

　제가 비록 비참해 보이긴 해도

　그곳에 적힌 바를 증명해 보일 수호 기사를

데려올 수 있습니다.

만일 패하시거든 경의 세상사는 그렇게 끝나고   45

음모 또한 끝납니다. 행운이 있으시길!

올버니 편지를 다 읽을 때까지 기다려라.

에드가   그건 아니 됩니다.

때가 되었을 때 전령으로 하여금 소리쳐 찾게 하시면

제가 다시 나타날 것입니다.

올버니   그렇다면 가보아라.

편지를 잘 읽어 보마.   (에드가 퇴장) 50

에드먼드 다시 등장.

에드먼드 적들이 보이니 군사들을 진열시키십시오.

여기 부지런한 척후병이 보내 온

적의 병력에 대한 어림 계산이 있습니다.

이제 서두르셔야 합니다.

올버니   짐이 비상시에 대처하겠소. (퇴장)

에드먼드 저들 두 자매에게 모두 사랑을 맹세했는데   55

독사에 물린 사람들이 독사를 보듯

서로를 의심의 눈으로 보고 있군. 둘 중 누구를 택할까?

둘 다? 하나만? 아니면 아무도 선택하지 않는다?

둘 다 살아 있으면 아무도 즐길 수 없지. 과부를 택하면

언니 고너릴이 미친 듯이 발작을 할 테니 말이야.   60

더군다나 남편이 살아 있으니 내 야심을 이루기 어렵지.

그렇다면 전쟁을 위해 그의 권위를 이용하고,
전쟁이 끝나면 남편을 없애고 싶어 하는 그녀로 하여금
재빠르게 그를 처치할 방도를 강구하게 해야지.
공작은 리어와 코딜리어에게 자비를 보이려 하지만, ⁶⁵
전쟁이 끝난 후 이들 부녀가 내 포로가 되면
이들을 사면할 일은 결코 없을 것이다.
내 처지는 단지 생각만 하는 것이 아니라
행동하는 데 달려 있으니.   (퇴장)

제2장
(두 진영 사이에 있는 들판)

무대 안쪽에서 나팔 소리.
북과 군기를 가지고 리어, 코딜리어, 군인들
등장했다가 퇴장.

에드가와 글로스터 등장.

에드가   아버지, 여기 나무 그늘 밑에서 편히 쉬시며
정의가 이기도록 기도해 주십시오.
제가 다시 돌아오게 되면
위안을 가져다 드리지요.

글로스터   은총이 그대와 함께하길! (에드가 퇴장)

나팔 소리. 이어서 퇴각. 에드가 다시 등장.

에드가 노인장! 제 손을 잡고 빨리 달아나세요, 빨리요! 5
리어 왕이 패해서 왕과 딸이 포로가 되었습니다.
자, 저를 붙드세요, 어서요.
글로스터 한 발짝도 움직이지 않고 이대로 문드러져 죽겠소.
에드가 아니, 또 그 생각이십니까? 세상에 태어난 것처럼
세상 하직하는 것도 견뎌야 하지요. 10
준비가 최상입니다. 어서 가세요.
글로스터   그래, 그 말도 맞는군. (퇴장)

제3장
(도버 근처의 브리튼 진영)

승리한 에드먼드가
리어와 코딜리어를 포로로 잡은 채
북과 군기를 가지고 장교와 사병들과 함께 등장.

에드먼드 몇몇 장교들이 이자들을 데려가라.
이들을 심판할 더 높은 사람들의 의중을 알 때까지는
잘 지켜라.
코딜리어   좋은 의도를 가지고도 최악의 벌을 받은 이가
우리가 처음은 아닐 겁니다. 학대받은 왕이시여,

폐하를 위해 저는 운명의 여신에게 버림받습니다.   5

저뿐이라면 사악한 운명의 여신 찡그림은 아무것도 아니죠.

폐하의 딸이자 저의 언니들을 보게 될까요?

리어 아니, 아니, 아니, 아니야! 자, 감옥으로 가자.

우리 둘만이 새장에 갇힌 새처럼 노래할 것이다.

네가 축복을 빌어 달라면 나는 무릎 꿇고 용서를 빌겠다.   10

그렇게 기도하고 노래하고 살면서 옛 이야기를 하고

금색 나비를 보고 웃으며 불쌍한 떠돌이들이 전하는

궁전 소식을 듣겠지. 누가 지고 누가 이겼는지,

누가 왕의 호의를 받으며 누가 눈 밖에 났는지 얘기하고

우리가 마치 신들의 첩자라도 되는 양   15

알 수 없는 세상사를 알고 있는 듯 행세하자.

우리는 담으로 둘러싸인 감옥에서 오래도록 살 것이다.

밀물과 썰물처럼 격변하는 높으신 자들의

파당과 무리들보다.

에드먼드   이들을 데려가라.

리어 코딜리어, 이런 희생 제물에는 신들도 향을 뿌린다.   20

내가 너를 울게 했느냐? 우리를 갈라놓으려면

하늘의 불 막대를 가져와서 여우를 몰아내듯

불과 연기를 지펴야 할 것이다.

눈물을 닦아라. 우리를 울리는 놈들을

악령들이 살과 가죽째 모두 삼킬 것이다.   25

그놈들이 먼저 굶어 죽는 꼴을 봐야지. 자, 가자.

           (호위병에게 이끌려 리어와 코딜리어 퇴장)

에드먼드 대위, 이리 와서 잘 듣게.

이 쪽지를 받게나.　　　　　　　　　　　　　（종이를 준다）

　　　　　　　　감옥으로 이들을 따라가게.

내가 그대를 한 계급 승진시켰는데,

이 지시대로만 한다면 자네 출세는 보장될 걸세.　　　　30

사람은 시류를 따라야 한다는 사실을 명심하게.

군인에게 온유한 마음은 어울리지 않는 법.

그대의 임무는 따질 수 있는 성격의 것이 아니니

두말없이 하거나 아니면

다른 살 방도를 알아보게.

장교　　　　　　　　　하겠습니다.　　　　　　　　35

에드먼드 바로 착수하게. 일을 끝내거든 행운이라 여기고.

잘 듣게. 다시 말하지만

내가 거기 적어 놓은 대로 지체 없이 착수하게.

장교 농부로 비천하게 살 수는 없으니

사람이 할 수 있는 일이라면 무엇이든 하겠습니다.　（퇴장）　40

나팔 소리. 올버니, 고너릴, 리건, 장교들과 사병들 등장.

올버니 백작은 오늘 전투에서 용기 충천했고 운도 좋았네.

경이 오늘 포로로 잡은 적들을

나에게 넘기게.

과인이 알아서 그들의 처지에 알맞고

짐의 안전에 도움이 되는 쪽으로　　　　　　　　　45

처리하겠네.

에드먼드　　　공작님, 그 늙고 비참한 왕을 가두고

경비를 붙이는 것이 좋겠다고 생각했습니다.

국왕이란 직책과 그 연로함으로 인해서

백성들의 마음을 자기 편으로 끌어들일 수 있고

징집된 군인들로 하여금 우리로부터 50

등을 돌리게 할 마력을 지닌 위험한 인물입니다.

왕과 함께 프랑스 왕비도 보냈습니다.

같은 이유에서입니다. 공작께서 재판을 여실 때,

내일이나 아니면 그다음 날이라도, 그들은 출두할

준비가 되어 있습니다. 지금 당장은 다들 55

땀과 피를 흘리고 있으며 친구를 잃은 마당이라

전쟁의 고통을 아파하는 자들이 한결같이 흥분해서

국왕과 왕비를 저주하고 있는 실정입니다.

그러니 코딜리어와 그 아버지 문제는

나중에 거론하시는 것이 좋겠습니다.

올버니　　　　　　　　백작에겐 미안한 말이지만, 60

과인은 그대를 동등한 자가 아니라 전쟁에 필요했던 신하로

간주할 따름이네.

리건　　　　　　　내가 원하는 바는

백작을 동등한 자로 만드는 것입니다.

그렇게 말씀하시기 전에 내 생각을 묻는 게 옳지 않나요?

백작이 내 군대를 지휘했고 내 지위를 위임받았고 65

몸소 나를 대신했지요. 그것으로도 동등자의 자격이 있고,

제5막 제3장　173

그렇게 부르기에 충분합니다.

고너릴   그렇게 열받을 일이 아니지.

네가 부여해 준 직책보다도 자신의 미덕으로

백작은 출중한 분이시다.

리건   내가 부여해 준 권한 안에서

백작은 최고의 인물과 동등한 분이야.   70

올버니 그자가 처제의 남편이 된다면 최상이 되는 셈이군.

리건 농담이 가끔 진담이 되는 법이지요.

고너릴   이런, 쯧쯧!

그런 말을 하다니 네 눈이 삐었구나.

리건 생각 같아서는 잔뜩 화를 퍼부어 줘야겠지만

몸이 좋지 않구나. 고너릴 언니,   75

내 군인들과 포로들과 유산들을 가지고

마음대로 처분해. 모두 다 가져가라고.

세상 사람들 보는 앞에서 나는 백작을

나의 주인이자 남편으로 삼겠어.

고너릴   그를 데리고 놀 셈이냐?

올버니 당신이 이래라저래라 할 일이 아니오.   80

에드먼드 그건 공작도 마찬가지입니다.

올버니   맞네, 서자여.

리건 (에드먼드에게) 북을 울려 내 직책이 그대 것임을 밝혀요.

올버니 멈춰라. 이유를 말할 것이니.

에드먼드, 그대를 대역죄로 체포하네. 그대와 함께

이 금박 입힌 뱀도 함께 기소하네.   (고너릴을 가리킨다)

내 부인의 이름으로 금하는 바이오. 그녀도 백작과
이중 계약을 맺고 있으니 남편으로서 나는
처제의 결혼에 반대하오. 내 부인이 에드먼드에게
예약되어 있으니, 결혼을 하고 싶거든
내게 청혼하시든가.

고너릴   웃기는 일이군!   90

올버니   글로스터 백작, 그대는 무장을 하고 있군.
나팔을 울려라. 그대의 끔찍하고 명백한 대역죄들을
증명해 보일 자 나타나지 않는다면
내가 대적하겠네.   (장갑을 땅에 던진다)
        그대 내가 지금 여기서 천명하는
대역 죄인에 불과함을, 내가 다시 밥숟가락을 들기 전에   95
그대 가슴에 증명해 보이겠네.

리건   아, 아프다! 아이고, 아파!

고너릴   (방백) 안 아프면 독약을 못 믿게 되겠지.

에드먼드   나도 도전에 응하겠소.   (장갑을 땅에 던진다)
         나를 죄인이라 부르는 자는
세상 그 누구라도 사악한 거짓말쟁이요.
나팔 소리로 불러오시오. 감히 다가온다면   100
그자이건, 공작이건, 그 누구라도 나는 내 진실된 명예를
굳건히 지킬 것이오.

올버니   여봐라, 전령을 불러라!
그대의 용맹만을 믿어야 할 것이네.

내 이름으로 모집한 그대의 군사들은

내가 모두 해산시켰으니.

리건   점점 더 아파 와요.   105

올버니   아픈 처제를 내 막사로 옮겨라.

                                    (병사들에게 이끌려 리건 퇴장)

                            전령 등장.

전령은 이리 오너라. 나팔을 울리고

이것을 큰 소리로 읽어라.

장교   나팔을 울려라!   (나팔 소리)

전령   (읽는다) 글로스터 백작이라 자칭하는 에드먼드가 여   110
        러 면에서 대역 죄인임을 주장할 지체 높은 기사가 군대
        가운데 있거든 세 번째 나팔 소리와 함께 나타날지어다.
        스스로의 주장을 지키는 데 있어서 그자는 용맹스러운
        자일 것이다.

        나팔을 울려라!   (첫 번째 나팔 소리)   115

        다시 울려라!   (두 번째 나팔 소리)

        또다시 울려라!   (세 번째 나팔 소리)

                                (안에서 화답하는 나팔 소리가 들린다)

                나팔수를 앞세우고 무장을 한 에드가 등장.

올버니   저자가 왜 나팔 소리를 듣고 나타나는지

의중을 물어보아라.

전령   무엇 하는 사람이냐?

이름은 무엇이며, 계급은 무엇이냐?   120

왜 이 나팔 소리에 화답을 했느냐?

에드가   이름을 잃어버리고,

배반의 이빨에 뼈가 드러나도록 뜯기고, 진딧물에 물렸소.

그렇지만 내가 대적하러 온 자만큼이나

지체가 높소.

올버니   너의 대적자가 누구냐?

에드가   글로스터 백작 에드먼드를 대변하는 자 누구냐?   125

에드먼드   나다. 나에게 무슨 볼일이 있는가?

에드가   내 말이 혹여

네 고상한 인품을 상하게 했다면

네 칼이 네 의로움 증명할 수 있도록 칼을 빼라.

내가 상대하겠다.

봐라, 이것이 기사로서 나의 명예와 맹세와   130

서약에 걸맞은 특권이다. 내 선언하건대

네 힘과 위치와 젊음과 뛰어남에도 불구하고,

네 승리의 칼과 갓 구워 낸 행운과

네 용맹과 용기에도 불구하고

넌 신들과 형과 아버지를 배신한 죄인이고,   135

이 지엄하고 훌륭하신 군주를 살해하려 한 공범자이며,

머리 꼭대기부터 발아래 신발 밑바닥 먼지까지

두꺼비처럼 흉악한 죄인이다.

〈아니〉라고 한다면 이 칼과 이 팔과 나의 용맹스러운 기백이
네가 거짓말하고 있음을 너의 심장에다   140
증명해 보일 것이다.

에드먼드   네 이름을 묻는 것이 현명한 일이겠군.
네 외양은 훌륭하고 늠름해 보이고
네 말투는 다소 교양 있어 보이니
조심스럽게 결투를 연기하는 일은
기사의 법도에 따라 경멸로써 거부하겠다.   145
네 머리에다 이들 죄악들을 되던져 주고
지옥보다 가증스러운 그 거짓말로 심장을 메워 놓겠다.
내 이 칼이 네 심장을 스치며 찰과상만 내도
네가 거짓말쟁이 죄인임이 영원히 증명될 것이다.
나팔들을 울려라.   150

          (나팔 소리. 둘이 싸우다가 에드먼드가 쓰러진다)

올버니   죽이지 마시오! 죽이지 마!

고너릴   글로스터 백작, 이건 음모예요.
전쟁 법칙에 따르면 그대는 알지 못하는 적을
상대해야 할 의무가 없어요. 그대는 진 것이 아니라
속아 넘어간 거라고요.

올버니   닥치시오, 부인, 이 편지로
입을 막아 버리기 전에 — 칼을 멈추시오, 기사 양반 —   155
형언할 수 없는 악마여, 그대의 죄상을 직접 읽어 보시오.
찢어도 소용없소. 내용을 알고 있는 것 같구려.

고너릴   알고 있다 한들 법은 당신 편이 아니라 내 편이에요.

이일로 누가 나를 기소할 수 있단 말이죠?

올버니   정말 끔찍하구나! 아!
이 편지를 모른단 말이오?

고너릴   이미 아는 바를 묻지 마시죠. (퇴장) 160

올버니 따라가라. 광분해 있으니 자제시켜라.

                                      (장교 한 명 퇴장)

에드먼드 그래, 네가 비난한 일들을 내가 했다.
그보다 더한 일들도 시간이 알려 줄 터.
그건 지난 일이고 내 목숨도 마찬가지다.
그러나 내게 이런 불운을 가져다준 넌 누구냐? 165
네가 귀족이라면 널 용서하겠다.

에드가   그렇다면 나도 널 용서한다.
에드먼드 너보다 떨어지지 않는 혈통이다.
낫다면 그 때문에 해를 입었지.
내 이름은 에드가, 네 부친의 아들이다.
정의로운 신들은 우리가 즐거이 행하는 악덕을 도구 삼아 170
우리에게 천벌을 가하지.
아버지가 너를 낳은 어둡고 사악한 그곳이
아버지의 눈을 앗아 갔다.

에드먼드   맞는 말입니다, 사실이에요.
운명의 수레바퀴가 한 바퀴 돌아 나는 바닥에 떨어졌구나.

올버니 그대의 거동을 보고 고귀한 사람임을 예감했네. 175
그대를 안아 줘야겠구나.
내가 그대나 그대 부친을 미워한 적 있다면

슬픔으로 내 가슴 터져도 좋다.

에드가   훌륭하신 군주님, 알고 있습니다.

올버니   어디 숨어 있었는가?

부친의 처참한 일들은 어떻게 알게 된 건가?   180

에드가   직접 돌보아 드렸습니다. 짧게 말씀드리지요.

들어 보십시오. 아! 심장이 터질 것 같습니다!

그 끔찍한 살해 명령을 가까스로 빠져나기 위해서 ─

아! 단번에 죽지 않고 매 순간 고통으로 죽어 가는

삶의 달콤함이여! ─ 저는 미친 사람의 넝마로 바꿔 입고   185

더러운 개의 모양을 하여 바로 이 옷차림으로,

눈알이 빠진 채 눈두덩에서 피를 흘리고 계신

아버지를 만났습니다.

아버지의 안내자가 되어 모시고 다니면서 구걸해 드렸고,

낙심으로 자살하지 않도록 해드렸습니다.   190

단 한 번도 ─ 아, 이 못된 자식! ─ 무장을 갖춘

약 반 시간 전까지는 제 신분을 밝히지 않았습니다.

이런 좋은 결과를 바라기는 했지만 확신할 수 없었기에

아버지의 축복을 부탁하고

저의 행적을 처음부터 끝까지 말씀드렸습니다.   195

그러나 아버지의 찢어진 가슴은

아! 이 싸움을 견디시기는 너무나 약하셔서

극단의 두 격정인 기쁨과 슬픔 사이에서

미소와 함께 터져 버렸습니다.

에드먼드   형의 말에 마음이 움직이는구나.

좋은 일을 하고 싶습니다. 200

그러나 이야기가 더 있는 듯하니 계속하세요.

올버니 더 끔찍한 이야기라면 참게.

마저 들으면

눈물이 터질 것 같으니.

에드가 슬픔을 사랑하지 않는 자라면

이 이야기를 극한이라 여기겠지요. 205

그러나 보다 자세하게 서술될 다른 슬픈 이야기[16]는

이보다 더한 극단을 보일 것입니다.

제가 크게 울부짖고 있을 때 한 사람이 들어와서는

가장 처참한 내 처지를 보고 무서워서 곁을 피했습니다.

그러나 이내 이 처참한 꼴을 견디는 자가 누구인지 아시고 210

강한 팔로 내 목을 꼭 껴안고는 하늘을 부숴 버릴 듯

큰 소리로 통곡하였습니다.

그러고선 아버지께 몸을 던져 지금까지 들어 본 것 가운데

가장 비참한 리어와 자신의 얘기를 들려주었습니다.

그 얘기를 하는 중에 그의 슬픔은 더 커졌고 215

생명줄이 끊어지기 시작했습니다.

그때 나팔 소리가 두 번 울려서

혼절한 그를 거기에 놓고 온 것입니다.

올버니 그가 누구요?

에드가 추방당한 켄트 백작입니다. 그는 변장을 하고서

자신을 미워한 왕을 따랐고 왕을 위해 220

16 다음에 이어지는 켄트에 관한 이야기를 말한다.

노예도 할 수 없는 일을 했습니다.

          피 묻은 칼을 가지고 신사 한 명 등장.

신사 사람 살려! 아, 사람 살려!

에드가   무슨 일이오?

올버니   말을 하라.

에드가 이 피 묻은 칼은 어찌 된 것이오?

신사   뜨거운 김이 납니다.

  바로 심장에서 빼 온 것인데, 아! 죽었습니다.

올버니 누가 죽었단 말이냐? 말을 하라.   225

신사 폐하, 바로 폐하의 부인께서요.

  또한 동생은 부인께 독살당했고요. 부인이 실토했습니다.

에드먼드 내가 그 두 사람과 결혼을 약속했습니다.

  이제 세 사람이 같은 순간 결혼하는군요.

에드가   켄트 경이 오십니다.

               켄트 등장.

올버니 죽었든 살았든 시체들을 가져오너라.   (신사 퇴장)   230

  우리를 두려움에 떨게 하는 이 하늘의 심판에

  동정의 여지는 없다.

      (켄트에게) 아! 이게 켄트란 말인가?

  그대를 환대해야 마땅하지만

때가 허락하지 않는구려.

켄트   주인 되신 국왕께

안녕히 주무시라는 인사를 드리려고 왔습니다.   235

여기 계시지 않습니까?

올버니   중대한 일을 잊고 있었구나!

에드먼드, 왕과 코딜리어 공주는 어디 있느냐? 대답해라.

켄트 경, 이 광경을 보고 계시오?

                    (사람들이 고너릴과 리건의 시체를 가져온다)

켄트 아이고! 이게 무슨 영문입니까?

에드먼드   둘 다 이 에드먼드를 사랑했죠.

나를 차지하기 위해 한쪽이 다른 쪽을 독살한 후   240

자결했습니다.

올버니 바로 그렇소. 시체의 얼굴을 덮어라.

에드먼드 난 아직 숨이 남아 있습니다.

내 천성과 달리 좋은 일을 좀 해야겠군요.

빨리 성으로 사람을 보내세요. 시간이 없습니다.   245

리어와 코딜리어를 죽이라는 서찰을 보냈단 말입니다.

늦지 않게 사람을 보내야 합니다.

올버니   달려라, 달려! 아, 달려라!

에드가 누구에게 사람을 보내란 말이냐? 누가 책임자냐?

네 철회 명령의 표시를 보내라.

에드먼드 잘 생각하셨습니다. 내 칼을 가져가서   250

대위에게 주세요.

에드가   살고 싶거든 서둘러 가라.   (장교 퇴장)

에드먼드 그는 공작님의 부인과 나로부터
감옥에 있는 코딜리어를 목 졸라 죽이고
그녀가 절망해서 스스로 목숨을 끊었다고
둘러대라는 명령을 받았습니다.

올버니 　　　　　　　　신들이여, 그녀를 보호하소서! 255
저자를 잠시 이곳에서 데려가라.

　　　　　　　　　　　(에드먼드가 끌려 나간다)

　　　죽은 코딜리어를 팔에 안은 리어와 장교 다시 등장.

리어 통곡, 통곡, 통곡하라! 아! 돌덩이 같은 인간들.
너희들 같은 혀와 눈을 가졌다면 난 하늘 천장을
부숴 놓았을 터. 그 애가 영원히 가버렸구나.
산 사람과 죽은 사람을 나는 구별할 수 있지. 260
그 애는 흙처럼 죽었다. 내게 거울을 가져와라.
이 아이의 입김이 표면에 김을 서리게 한다면
아직 살아 있는 거겠지.

켄트 　　　　　　　이것이 최후의 심판인가!

에드가 그 무시무시한 때의 모습인가!

올버니 　　　　　　　하늘이여, 무너져 끝장내소서.

리어 깃털이 움직이는 것을 보니 아직 살아 있다! 265
그렇다면 내가 겪은 모든 슬픔을
만회할 수도 있겠구나.

켄트 (무릎 꿇으며) 아, 나의 선한 주인이시여!

리어 제발 물러가라.

에드가 폐하가 사랑하는 켄트 경입니다.

리어 너희 살인자들, 배반자들 모두에게 천벌이 내릴지어다!

그 애를 살릴 수도 있었는데 이젠 영원히 가버렸다!　　　　270

코딜리어, 코딜리어! 잠시만 더 살아 있어 다오. 하!

방금 뭐라 했느냐? 너의 목소리는 항상 부드럽고

온화하고 차분해서 더없이 여자다웠지.

너를 목매달려던 놈을 내가 죽여 버렸다.

장교 왕의 말씀이 사실입니다, 어르신들.

리어 여봐라, 내가 그랬지?　275

한창때 같았으면 무자비한 반월도를 휘둘러

그놈들 모두 도망치게 했을 것이다. 그러나 이젠 늙고

이러한 고통 때문에 칼을 쓸 수가 없구나. 너는 누구냐?

눈이 침침하지 않다면 바로 알아볼 수 있을 텐데.

켄트 운명의 여신이 사랑하고 증오한 두 사람을 떠벌린다면　280

우리는 지금 그중 한명을 보고 있습니다.

리어 이건 슬픈 모습인데,[17] 그대는 켄트가 아니오?

켄트 맞습니다.

폐하의 종 켄트입니다. 폐하의 종 카이어스는 어딨습니까?

리어 확실히 말하건대 그는 좋은 사람이지.

죽어서 썩지 않았다면 재빠르게 칼을 휘둘렀을 터.　285

켄트 아닙니다, 폐하. 제가 바로 그자 —

리어 그 얘긴 조금 있다 들어 보지.

17 *This is a dull sight.* 〈희미하게 보인다〉라는 해석도 가능하다.

켄트　폐하의 행운이 기울기 시작한 첫날부터
　　폐하의 발길을 따라다녔습니다.

리어　　　　　　　　　　　이곳에 잘 왔네.

켄트　제가 바로 그자입니다. 온통 참혹과 어둠과　　　　290
　　끔찍함뿐이군요.[18] 폐하의 두 딸들은 절망하여
　　죽고 말았습니다.

리어　　　　　　맞소, 나도 그렇게 생각하오.

올버니　헛소리를 하시는 것을 보니
　　사태를 설명하는 것이 부질없겠소.

에드가　　　　　　　　　　무익한 일이지요.

장교 한 명 등장.

장교　공작님, 에드먼드가 죽었습니다.

올버니　　　　　　　　　여기서 그런 건 별일도 아니다.　295
　　여러 경들과 소중한 친구들이여, 과인의 뜻을 알리겠소.
　　과인은 이 몰락한 국왕께 할 수 있는 모든 위안을 드리고
　　연로하신 폐하가 살아 계시는 동안은
　　폐하께 절대 왕권을
　　위임하겠소.　　　　　　　　(에드가와 켄트 쪽을 향한다)
　　　　　두 분께는, 그 공적에야 미치지 못하겠지만　　　300

18 *Nor no man else. All's cheerless, dark, and deadly.* 〈아닙니다. 이곳은 그 누구도 환영받을 만한 곳이 아닙니다. 다들 침울하고 어둡고 끔찍합니다〉라는 해석도 가능하다.

다른 보상과 권리를 더해서 직분을 회복해 드리겠소.

모든 친구들은 덕행의 대가를 맛볼 것이며

모든 적들은 각자 받아 마땅한 독배를 맛볼 것이오.

아! 저것 보시오, 저기!

리어 내 불쌍한 바보가 죽었다! 숨이, 숨이, 숨이 끊겼어! 305

개도, 말도, 쥐도 목숨이 붙어 있는데

왜 너는 숨 쉬지 않는단 말이냐?

결코, 결코, 결코, 결코, 다시 살 수 없단 말이냐?

제발, 이 단추를 풀어 주시오. 고맙소.

이게 보이오? 그 애를 보시오, 그 애 입술을 보시오. 310

저길 봐, 저것 봐요! (죽는다)

에드가 혼절하셨습니다! 폐하, 폐하!

켄트 가슴아, 미어져라, 제발 미어져!

에드가 폐하, 좀 보십시오.

켄트 가시는 영혼을 괴롭히지 말게. 아! 세상이라는

이 냉혹한 형틀에 한순간이라도 자신을 더 매어 놓는 자를

폐하는 증오하실 거야.

에드가 정말 가셨군요. 315

켄트 이렇게 오랫동안 견디신 것이 기적이지.

다만 덤으로 사신 것일 뿐이었네.

올버니 시체들을 치워라. 우리가 할 일은 슬퍼하는 것뿐이다.

(켄트와 에드가에게) 내 영혼의 친구들이여, 두 분이서

이 나라를 다스려 상처받은 왕국을 지켜 주시오. 320

켄트 나는 곧 길을 떠나야 합니다.

주인께서 부르시니 따라야지요.

에드가   이 슬픔의 무게에 우리는 복종해야 합니다.

말해야 하는 바가 아니라, 느끼는 바를 말해야만 합니다.

원로들이 겪으신 그 많은 것들을 우리 젊은이들은   ³²⁵

다 겪을 수도, 그처럼 장수할 수도 없을 것입니다.

(장송곡이 울리면서 퇴장)

〈내가 누구라고 말할 수 있는 자 누구냐?〉
오이디푸스의 후예, 리어

델피의 신전 문지방에 새겨져 있다는 〈너 자신을 알라〉는 경구는 그리스인들의 철학적 사유 밑바닥에 인간에 대한 이해의 곤혹스러움이 자리하고 있음을 보여 주는 좋은 예이다. 소포클레스 Sophocles의 비극 「안티고네Antigone」에서, 코러스는 배를 만들어 바다를 건너고 도구를 사용해 자연을 지배하는 인간의 경이로운 업적을 노래한다. 타고난 것으로만 본다면 자연계의 미물에 불과한 인간이 머리를 써서 광대한 자연을 지배하는 주인으로 군림하는 문명의 위대함을 찬양하는 것이다. 그렇지만 이 한 줌밖에 안 되는 상상력과 지성을 이용하여 자연계를 지배하는 것과 동시에, 인간은 자신의 마음속에 또 다른 자연계를 지닌다. 때로는 해가 쨍쨍하다가도 갑자기 먹구름과 함께 폭풍우가 몰아치고, 푸른 초원 사이로 도랑물이 흐르는 잔잔한 곳이 있는가 하면 먼지가 이는 삭막한 사막이 펼쳐지고, 평지와 인접한 곳에 돌산이 솟아올라 시야를 가리고, 절벽과 계곡이 있는가 하면 그 계곡 사이를 미친 듯이 휘젓고 있는 물살과 폭포를 가진 것이 인간의 마음이다. 그리하여 그리스 사람들은 이 변화무쌍한 인간의 마음을 〈작은 우주〉라고 불렀다. 다빈치Leonardo da Vinci가 그린, 천체와 항성들 한가운데 서 있는 벌거벗은 남자도 이러한 생각을 계승해서 표현한 것이리라.

소포클레스가 「안티고네」에서 노래한 〈인간 찬가〉는 또 다른 그의 비극 「오이디푸스 왕Oedipus the King」에 가서는 오히려 헛똑똑이에 불과한 인간의 무지에 대한 질타로 이어진다. 오이디푸스는 〈어려서는 네 발, 커서는 두 발, 늙어서는 세 발을 가지는 짐승이 무엇이냐〉는 스핑크스의 수수께끼를 풀어내지만, 정작 자신의 신분에 관해서는 무지하다. 〈부풀어 오는 발목〉이라는 의미를 지닌 오이디푸스의 이름 자체가 정체성의 위기를 암시하는 표현인데, 소포클레스는 주인공의 이름뿐 아니라 구체적인 극중 행위를 통하여 인간 스스로에 대한 무지를 구체화한다. 테베로 들어오는 삼거리에서 아버지 라이어스 왕을 살해하고 그 자리를 대신 차지한 후 어머니 이오카스테와 결혼하여 자식을 낳은 장본인이 자신임을 알게 되는 순간, 그는 두 눈을 뽑고 스스로 장님이 된다. 호프만Ernst Hoffmann의 단편소설 「모래 사나이Der Sandmann」에 대한 프로이트Sigmund Freud의 해석에서 볼 수 있듯이, 눈을 뽑는다는 것은 일반적으로 성적인 거세를 의미하는 것으로 해석된다. 그러나 오이디푸스의 경우에는 이에서 더 나아가 눈과 인간 인식 간의 밀접한 관계에 근거하여, 인식의 한계와 감각에 의존한 판단의 한계를 직접적으로 의미한다. 따라서 오이디푸스가 자신의 눈을 뽑아 버리는 행동은 스스로를 알지 못한 죄책감에 대한 자기 징벌의 성격이 훨씬 강하다. 소포클레스는 그의 정체를 잘 알고 있으면서도 이를 숨기려고 애쓰는 눈먼 예언자 테이레시아스를 통해서 오이디푸스의 인식의 한계를 대조적으로 제시한다. 세상에서 가장 똑똑하다는 사람이 정작 자신에 관해서는 바보이고, 앞을 못 보는 사람이 인간의 마음을 뚫어 본다는 극적인 아이러니를 이용해 이를 나타내는 것이다.

그리스 사람들이 인간의 비참한 현실을 올림푸스 산정의 신들과 연결시키는 한편 스스로를 알아볼 수 없는 인간 인식의 한계 때문이라 생각하고 있다는 사실은, 비극의 원인이 되는 〈비극적 실수hamartia〉라는 그들의 용어를 통해서도 나타난다. 흔히 우리말에서는 〈비극적 결함〉으로 번역되는 이 말은 원래 양궁에서 비롯한 것으로 〈과녁의 중심부에서 벗어나 빗맞힌다〉는 뜻이다. 이 경우 과녁에서 엉뚱하게 벗어나 화살을 찾기도 힘든 숲 속으로 들어가 버리는 것은 애깃거리 자체도 되지 않는다. 너무나 터무니없는 것으로는 공감을 일으킬 수 없기 때문이다. 비극에서 문제가 되는 실수란 정확하게 맞히지는 못했지만 그렇다고 엉뚱하게 벗어나지도 않은, 〈약간 빗맞힌 실수〉이다. 사람을 알아보지 못했다는 오이디푸스의 실수는 굳이 그가 아닌 다른 사람이 그 자리에 있었더라도 범할 수 있는 정도의 것이다. 물론 사람을 못 알아보는 데서 야기되는 판단 착오는 희극의 변함없는 주제이기도 한데, 희극의 경우에는 비극보다 시간의 작용이 훨씬 큰 비중을 차지하고 그 범위가 넓게 펼쳐져 있기 때문에 극이 끝나기 전에 착오가 수정될 기회가 주어진다. 그러나 비극의 판단 착오는 치명적이고 일회적인 것이다. 프로타고라스Protagoras가 〈인간이 만물의 척도〉임을 주장했을 때, 그 척도가 인간의 마음을 재기에는 너무나 짧다는 사실은 그도 몰랐을 것이다. 인간의 마음이라는 그 심연의 깊이를 잴 수 있는 탐지기를 우리는 아직 보유하지 못하고 있다. 아마 이것이 생겨나는 날 인간은 그 종의 명을 다하리라.

사람이 사람을 못 알아본다는 것은 〈내가 남을 모른다〉에 앞서 〈내가 나를 모른다〉에서부터 비롯된다. 스스로에 대한 무지에서 후속되는 모든 꼬임들이 발생하는 것이다. 인간 인식의 한계를 다루고 있는 점에서 윌리엄 셰익스피어William Shakespeare의 비극 「리어 왕King Lear」은 「오이디푸스 왕」의 연장선상에 있다. 셰익스피어의 이 비극은 1606년 크리스마스 다음 날 저녁 영국 제임스 1세의 화이트 홀 궁정에서 상연된 작품이다. 그런 만큼 표면적으로는 왕국의 안정적 통치나 통일과 같은 제왕의 주제를 담고 있지만 본질적으로 인간의 자기 인식의 어려움이라는 보편적인 주제를 강조한 작품이다. 기원전 8세기 브리튼의 전설적인 왕을 소재로 한 「리어 왕」은 절대 권력이라는 값비싼 외투와 치장에 휩싸여 눈이 흐려진 한 인물의 이야기로 셰익스피어 시대의 영국 무대에서, 그리고 이를 다시 무대 위에 올리고 있는 우리 곁에서 현재화된다. 흔히 이 작품은 늙은 아버지와 세 딸의 불화를 둘러싼 배은망덕을 다룬 것으로 오해되는데, 배은망덕은 리어 자신의 무지에서 비롯한 〈파생 상품〉일 뿐이다. 리어의 세계는 한결같이 사물을 바라보는 데 있어서나 스스로를 알아보는 데 있어서 문제가 있는 사람들로 가득하다. 글로스터 백작이 콘월 공작과 리건에 의해서 두 눈이 뽑힌 후 〈눈이 있을 땐 넘어졌지〉라고 하는 말은 리어의 경우에도 그대로 적용된다. 눈으로 상징화된 지각과 인식, 판단이라는 엉켜 있는 주제를 셰익스피어는 작품의 초반부터 제시한다. 리어 왕이 왕국을 분할하는 시점에 올버니 공작과 콘월 공작 중에서 누구를 더 좋아하는지 모르겠다고 실토하는 글로스터와 켄트의 첫 대사는 바로 마음을 꿰뚫어 보는 일의 어려움을 얘기하는 것이다.

딸들의 눈에 비친 여든 살 노인 리어의 특징은 불같은 성격이다. 그가 언제 왕위에 올라 얼마나 오랫동안 통치를 계속해 왔는지는 작품 안에서 설명되지 않았으나, 오랜 절대 권력의 행사로 욕망과 현실의 괴리를 인정하지 않으려 하는 어린아이 같은 세계에 머물러 있다는 인상이 짙다. 리어의 세 딸들에겐 어머니가 없는데 아마 리어의 이 불같은 성미가 부인을 일찍 죽게 만들었을 것이다. 불같은 성격은 이성을 잃게 하여 판단까지 그르치게 만든다. 세 딸 중 누가 자신을 가장 사랑하는지 묻는 사랑의 시험은 사실 자신이 마음에 품고 있는 딸들에 대한 기대치를 확인하기 위한 형식적인 절차에 불과하다. 대답에 관계 없이 이미 왕국은 삼등분되어 있기 때문이다. 노년을 의탁하려 했던 막내딸 코딜리어가 부모 자식 간의 도리로 아버지를 사랑한다고 말하자 그는 재산을 박탈함은 물론 자식으로 인정하는 것마저도 부정한다. 리어의 본질적인 문제는 세상을 줄곧 자기중심적으로만 봐 왔기 때문에 그 틀에서 벗어나 바라볼 수 있는 안목을 가지지 못했다는 점이다. 고너릴과 리건뿐 아니라 코딜리어 역시 자신의 일부이며, 자신이 의도적으로 외면하려는 영혼의 어둡고 무시무시한 모습이다. 코딜리어는 그 이름이 상징하듯 〈리어의 마음 *cœur de Lear*〉이다. 이상적인 자식에 대한 리어의 다분히 개인적인 욕망이 투영된, 그의 영혼 속 인물인 셈이다. 때로 리어의 이기적인 집착에 의해 리어와 코딜리어의 관계는 공생이나 근친상간의 이미지로까지 치달린다. 코딜리어가 프랑스 왕의 왕비로 가버린 후 다시 아버지를 찾기 위해 브리튼을 침략했을 때, 그들의 해후가 굳이 프랑스 왕이 없는 자리에서 둘만의 것으로 처리된 것은 이러한 부녀 이상의 관계를 강조하는 극적 장치이다. 해후의 순간 코딜리어는 남편의 아내가 아니라 아버지의 딸로서만 존재하는 것이다.

사랑에 대해 땅의 크기와 비옥도로 보답하고, 기사의 숫자와 용돈의 양에 따라 딸들의 사랑을 가늠하는 데서 명확하게 드러나듯이 리어는 추상적인 가치를 양화적인 것으로 치환해서 계산하려는, 매우 근대적인 〈과학 정신〉에 집착하는 인물이다. 그에게 왕이란 모든 것이다. 지금까지 그렇게 알고 그렇게 살아왔다. 그런데 코딜리어가 〈없다〉라고 말하는 순간 모든 것에 금이 간다. 이 절대에 대한 부정이 바로 리어의 마음임에도 불구하고 이를 인정하지 않으려는 데서 그의 비극은 시작된다. 사실 우리가 한 발 물러서서 객관적으로 바라보면 비극의 주인공들은 꽤나 근사한 바보들인데, 리어는 자신이 세상의 모든 것이라는 생각이 깨어지는 순간을 온 세상이 무너져 내리는 우주의 멸망과 동일시하는 자아 과대망상증을 보인다. 코딜리어가 자신의 마음속에 있음을 인정할 수도, 그녀를 볼 수도 없기 때문이다. 사실 왕으로서 리어는 철저하게 이기적인 인물이다. 그가 이 이기심이라는 두꺼운 껍질을 깨고 나오는 것은 왕이라는 칭호를 박탈당하고 인간 리어로 내려앉기 시작할 때이다. 두 딸들 집에서 쫓겨나 ─

사실은 오이디푸스처럼 스스로 박차고 나온 것이지만 ── 광야에서 폭풍우와 맞서 싸울 때 그가 진정으로 대면하는 것은 자연의 원소들이 아니라 〈내 마음의 이 태풍〉이다. 리어가 평생 처음으로 비를 맞으며 접하는 밤은 그 영혼의 어두운 심부이며, 여기에 이르러서야 비로소 그는 〈내가 누구라고 말할 수 있는 자 누구냐?〉라는 존재론적 질문을 던지게 되는 것이다. 코딜리어가 리어에게 가르쳐 준 것은 자신이 모든 것이 아닐 수 있다는 스스로에 대한 부정인데, 이 부정을 인정함과 동시에 리어는 지식에 이르는 순례의 길에 올라선다. 극중 인물들이 도버의 한 지점으로 모여들며, 도버로 가는 길이 영혼의 현기증 나는 절벽과 마주하는 과정이라는 점이 의미심장하게 다가오는 이유다.

코딜리어의 부정을 인정함으로써 리어는 비로소 모든 것이었던 자신에게서 벗어나 다른 사람들을 받아들이기 시작한다. 왕도 오한이 들 수 있다는 사실을 여든이 되어서야 처음으로 알게 된다는 점은 우스꽝스러울 정도로 이해하기 힘든 대목이지만 리어는 자신의 영혼을 밤과 대면시킴으로써 비로소 자신의 연약함을 인정하고, 여기에서 연민이라는 것을 배운다. 그가 광야의 헛간에 먼저 들어가기를 한사코 거부하고 바보광대에게 양보하며 지금껏 바보광대를 배려하지 못했던 사실을 미안하게 생각하는 대목은 그 변화를 드러낸다는 점에서 주목할 만하다. 그런데 문제는 리어의 이러한 자아 인식이 그가 미쳐 가는 과정과 함께하고 있다는 점이다. 독자는 그의 변화가 과연 진정한 것인지 의심할 수밖에 없다. 광야에서 리어는 왕으로서의 자신에게서 벗어나

권력과 부조리한 사회 현실을 비판하는데, 이러한 비판 의식을 셰익스피어는 광기와 뒤섞어 놓음으로써 그 발언의 위험 수위를 스스로 조절하는 검열의 장치로 삼고 있다. 햄릿이 〈사느냐 죽느냐〉의 독백에서 부조리한 정치 현실과 정의의 왜곡과 선과 악이 뒤바뀐 현실을 질타하는 것처럼, 리어 역시 광기의 가장자리에 선 자아 인식의 확장 가운데서야 〈거지에게 짖어 대는 농부의 개가 관직에 있는 자에게는 순종하는〉 현실을 비판할 수 있게 되는 것이다.

리어가 자아의 감옥에서 풀려날 수 있는 것은 그가 작품 초반에 보여 주었던 성급한 성격을 바꾸어 인내심을 가짐으로써 가능하다. 광야에서 그는 자신의 심장이 딸들에 대한 배신감과 절망으로 파열하지 않도록 인내심을 달라고 하늘의 신들에게 간구하는데, 이것은 왕좌에 있던 리어에게서는 바랄 수 없었던 변화이다. 그런데 이 인내심이라는 것이 고너릴과 리건에 대한 것으로까지 발전하지는 않는다. 오히려 광야에서의 고통이 크면 클수록 두 딸들에 대한 광기 어린 저주는 증대된다. 그는 몸통 윗부분은 사람의 형상을 하고 있지만 아랫부분은 말의 형상을 띤 괴물, 혹은 어미의 살을 쪼아서 그 피를 빨아먹고 자라는 펠리컨 새끼들에 두 딸을 비유하며 여성에 대한 전형적인 혐오를 쏟아 낸다. 이는 리어의 인내심에 한계가 있음을 나타내며 그 한계점만큼이나 그의 자기 인식 역시 제한적이다. 리어는 인간의 모든 부정적인 요소들을 두 딸들과 그들의 색욕에 덧씌우려 할 뿐, 그들 역시 자신의 일부이자 그의 못된 성격을 빼닮고 있음을 인정하지 않는다. 고너릴이 유순한 남편 올버니 공작을 제쳐 둔 채 글로스터 백작의 서자 에드먼드를 차지하기 위해서 동생 리건을 독살하고, 에드먼드가 에드가와의 결투에서 패배하며 모든 음모가 탄로 나자 절망해서 칼로 가슴을 찔러 죽어 버리는 과격함을 보이는 것은 작품 초반에 리어 왕이 보여 준 과격한 성격을 반복해 보여 주는 행동이다. 그럼에도 불구하고 리어는 두 딸들의 배은망덕을 자연의 이치를 저버리는 패륜이자 금수 같은 행동으로 질타하고 저주하는데, 이 저주는 먼저 스스로 딸과의 인연을 거부함으로써 자연의 이치를 부정한 자신에게로 향하는 것이 마땅할 것이다.

리어의 자기 인식이 한계를 지니고 있다는 점은 포로가 되어 코딜리어와 함께 감옥에 갇히게 되었을 때 다시 드러난다. 딸과 함께 그를 성에 가두어 두라는 에드먼드의 명에 따라 부하 장교에 이끌려 감옥으로 가면서, 리어는 자신과 코딜리어를 새장에 갇힌 새에 비유한다. 그는 누가 왕의 호의를 입어 출세하고 누가 눈 밖에 나서 몰락하는지 등의 세상 돌아가는 얘기를 들으며 자신들의 감옥에서 둘만의 독립적인 세계를 누리며 세상 끝날 때까지 살아가자고 말하는데, 이것은 극의 초반 그가 왕국을 분할하면서 코딜리어에게 바랐던 세상이다. 마치 어머니의 자궁 속으로 돌아가려는 듯한 리어의 퇴행적인 염원은 그가 코딜리어를 딸이 아니라 어머니로 간주하는 것이 아닌가 하는 착각을 불러일으키기도 한다. 교수대에 매달려 죽은 코딜리어를 양손으로 안고 무대에 등장한 리어는 이번에도 그녀의 죽음과 우주의 멸망을 동일시하며 딸의 죽음을 인정하려 하지 않는데, 셰익스피어는 코딜리어의 죽음과 리어의 죽음을 거의 동시에 처리함으로써 — 그것도 리어의 죽음을 코딜리어의 죽음으로 인한 절망에서 비롯된 것으로 처리함으로써 — 심장으로 기능하는 코딜리어와의 공생 관계를 강조한다. 죽기 직전에 리어는 자신의 신분을 밝히는 켄트를 잘 알아보지 못하는데, 그가 마지막까지 눈이 흐려 사람을 알아보지 못한다는 사실은 리어의 문제가 시종 그의 자기 인식의 한계에서 비롯함을 알려 주는 지표이다.

한편 바보광대는 리어의 자기 인식의 문제를 줄기차게 제기하는 인물이다. 리어가 광야에서 〈내가 누구라고 말할 수 있는 자 누구냐?〉라고 물었을 때 바보광대는 〈리어의 그림자〉라고 대답한다. 바보광대의 이 대답은, 왕권을 빼앗긴 리어는 리어의 그림자에 불과하다는 것을 의미하기도 하지만 다른 한편으로는 그 질문에 대답할 수 있는 사람은 리어의 그림자인 바보광대 자신이라는 답변이기도 하다. 실제로 작품에서 줄기차게 리어의 어리석음을 질타하는 바보광대는 리어의 절대적인 권력과 자신이 모든 것이라는 그의 환상을 부정하는 코딜리어와 같은 존재이다. 여자 배우가 무대에 직접 오를 수 없었던 셰익스피어 시대 극장의 관습 때문에 변성기를 지나지 않은 남자 아동 배우가 여성 역할을 담당하던 것에 비추어 볼 때, 제1막 제4장에 등장하여 제3막 제6장에서 사라져 버리는 바보광대는 코딜리어와 동시에 무대에 등장하는 것을 피하며 이중의 역할을 담당한다고 볼 수 있다. 리어는 바보광대를 〈나의 꼬마〉라고 부르곤 하는데, 코딜리어 역시 체구가 작은 것으로 묘사되어 있어 한 명의 배우가 두 사람을 동시에 연기했음은 어렵지 않게 짐작할 수 있다. 그러나 이러한 배역의 동일함을 떠나 극적 기능의 측면에서 바보광대와 코딜리어는 리어가 직시하기를 거부하는 리어 자신의 양심이라 할 수 있다. 제한 없이 모든 말을 하도록 허가받은 궁정의 바보광대가 리어를 〈아저씨〉라 부르며 친근함을 과시하는 데서도 알 수 있듯이 리어와 바보광대는 오랜 시간 동안 함께한 사이이며, 따라서 바보광대의 쓴소리가 리어가 왕국을 분할한 다음부터 시작되었다고 상상할 이유는 없다. 그렇다면 평소에도 수없이 들었을 바보광대의 풍자와 비판이 리어에게 들리기 시작하는 것은 무슨 이유에서일까?

테이레시아스가 바라보는 오이디푸스 왕이 눈 뜬 장님이듯 바보광대가 보는 리어 왕 역시 그러하다. 고대 그리스 비극에서 집단적인 예지를 대표하며 극중 사건에 대한 논평자의 기능을 하던 코러스를 대신하는 셰익스피어의 바보광대는 노래와 대사로 리어의 어리석음을 지적하는 데 그치지 않고 뒤틀린 사회 질서와 도덕의 혼탁함을 꼬집는 작가의 대변인 역할까지 한다. 그는 〈달팽이도 집을 지고 다니는데 딸들에게 다 주어 버린 리어는 머리 둘 곳도 없다〉고 지적하며 〈여우도 들 굴이 있고 새들도 해가 지면 잠잘 곳이 있는데 인자는 머리 둘 곳이 없다〉고 한 예수의 고난과 리어의 수난을 연결시킴으로써 고대 브리튼의 이야기를 기독교 세계로 끌어들인다. 교수대에 매달린 코딜리어의 시체를 끌어 내려 팔에 안고 울부짖는 리어의 모습이 예수 그리스도의 시체를 십자가에서 내려 우는 마리아의 모습을 재현하듯이, 셰익스피어는 바보광대의 대사를 통해서 리어를 고난받는 인물의 전형으로 바꿔 놓는 것이다.

바보광대가 리어의 어리석음을 비판할 수 있는 것은 코딜리어와 마찬가지로 이해관계를 떠나 있기 때문이다. 코딜리어처럼 바보광대는 리어에게 〈없다〉라고 부정할 수 있으며, 사심 없이 현상을 바라보는 현명한 눈을 지닌 인물이다. 그리하여 리어가 광분하여 광야의 폭풍우 속에서 옷을 다 찢어 벗어 버리고 포효하는 모습을 보며 〈수영하기에는 고약한 밤〉이라고 논평할 수 있는 것이다. 리어가 왕의 자리에서 벗어나고 잠이라는 상징적인 죽음의 과정을 거쳐 영혼의 재생을 경험한 후에야 비로소 무릎을 꿇고 코딜리어에게 용서를 빌며 자신의 어두운 영혼과 재회할 수 있었듯이, 바보광대의 현명한 바보 소리는 머리에 아무것도 쓰지 않고 비바람이 살 속을 파고드는 순간에야 리어의 귓속에 바늘처럼 파고든다. 〈해어진 넝마 사이로 작은 악덕 드러나지만 모피 외투는 모든 것을 감추는 법〉이라며 재판의 공정성을 비판하듯 리어의 자아 인식은 사회 비판 의식으로 확장되는데, 이는 제3막 제2장에서 퇴장하기 전에 관중을 향하여 현실을 비판하며 올바른 사회의 모습을 제시하는 바보광대의 양심과 그 맥이 닿아 있다. 바보광대는 고리대금업자가 두려움 없이 사람들 보는 앞에서 돈을 셀 수 있고, 창녀와 포주가 회개하여 예배당을 짓고, 소매치기가 사람 모인 곳에 들끓지 아니하고, 모든 소송 사건들이 올바르게 판결되는 그런 세상이 되면 사람이 발로 걸어다니는 정상적인 날이 올 것이라고 예언하는데, 이것은 현실에서는 불가능한 유토피아적 꿈이다. 그러나 이런 현실 개혁의 열망을 바보광대의 입을 통해 얘기함으로써 셰익스피어는 그가 현실 비판적인 리어의 대변인이자 양심임을 강조하며 바보광대와 코딜리어가 리어의 숨은 분신들임을 드러낸다.

바보광대의 입을 통한 리어의 사회 비판과 더불어, 리어가 자연의 일부가 되어 거지 톰으로 변한 에드가의 비참한 모습을 보고 부끄러워할 때 우리가 놓치지 말아야 할 것은 효용 제일주의에 대한 비판 의식이다. 이미 기사의 숫자에 대한 딸들과의 언쟁에서도 나타난 바 있지만 이는 광야에서 더욱 강조된다. 집안 하인들이 있는데 굳이 1백 명, 쉰 명, 아니 스물다섯 명, 아니 다섯 명의 하인들이 필요하느냐는 딸들의 말에, 리어는 인간의 필요를 따지지 말라고 하며 사람이 필요만을 따진다면 동물과 다를 것이 무엇이냐고 오히려 반문한다. 추위를 피하기 위해서 옷을 입는다면 여자들의 사치스러운 옷은 결코 필요하지 않을 것이라는 주장에서 출발하여, 그는 인간의 욕심이 필요 이상의 재산에 대한 축적을 야기하고 이것이 결국은 가난한 사람들을 낳는다는 탐욕적 개인주의에 대한 비판으로 발전시킨다. 사람들이 잉여 재산을 다 같이 나눠 갖는다면 개들에게마저 무시당하는 거지 톰 같은 비참한 인간은 줄어들 것이라는 것이 그의 생각이다.

이러한 그의 혁명적인 생각은 유토피아에 대한 바보광대의 바람과 맥을 같이하는 것으로, 바보광대가 그의 숨은 양심을 대변하고 있음을 다시 한 번 보여 주는 내용이다. 그러나 리어의 자각은 앞서 지적했듯이 광기와 경계를 흐리고 있어 그 힘이 약화되며, 마지막에 포로로 갇힌 순간 다시 이기적인 원래의 자신으로 되돌아감으로써 과연 그가 광야에서의 고통을 통해 배운 것이 진정 무엇이었는지 의심스럽게 만든다. 〈최악이라고 말하는 순간 우리는 또 다른 최악을 경험하며 그로써 앞선 최악은 최악이 아닌 것이 된다〉는 에드가의 말처럼, 리어의 세계는 우리의 기대를 계속 저버리고 확고부동한 앎의 세계를 부정함으로써 모든 것을 고통스러운 회의 속에 집어넣는다. 이 점에서 「리어 왕」은 셰익스피어의 다른 비극들과 달리 〈질서의 회복〉이라는 일반적인 도덕을 부정하며, 그러한 이유로 똘스또이Lev Tolstoi는 이 작품을 〈예술가의 도덕적 의무에서 벗어난 말놀이에 치중한 실패작〉이라고 규정했다. 작품 말미에 켄트와 올버니의 입을 통해 표현되듯이 이 작품이 주는 정서는 비극에서 흔히 말하는 두려움과 동정심이라기보다는 인간 상황에 대한 경이로움과 보편적인 고통의 감정이 지배적이다. 그런 만큼 셰익스피어의 다른 비극보다 현대적인 부조리극에 가깝다고 할 수 있다. 그 근본적인 이유는 이 작품에서 진실이라 이름 붙일 수 있는 어떤 궁극의 것에 이르는 우리의 앎의 차원이 계속해서 부정된다는 점에서 연유할 것이다.

리어가 보여 주는 인식의 한계와 눈의 주도적인 이미지를 더욱 적나라하게 나타내는 것이 글로스터와 두 아들의 관계를 그리는 부차적인 이야기이다. 리어 집안과 글로스터 집안은 둘 다 어머니(아내)가 없다는 점뿐만 아니라 도식적으로 선한 자식과 악한 자식이 구분되어 있다는 점에서 공통점을 지니며, 양 집안의 악한 자식들끼리 서로 긴밀한 관계를 맺음으로써 주된 구성과 곁가지 구성이 하나로 연결된다. 적자인 에드가와 서자인 에드먼드의 나이 차이는 채 1년도 안 되지만, 적자와 서자의 관계를 떠나 장자의 상속권만 인정하는 영국의 관습에 따라 에드먼드는 실제로 빈털터리나 다름없다. 더군다나 바깥 여인과의 관계를 통해 얻은 자식이라는 이유로 아버지 글로스터는 그를 남들 앞에 내세우기 부끄러워하며 외국에 내보내 사람들의 눈총을 피한다. 아버지를 대하는 에드가의 태도로 보아 정실 부인이 살아 있을 때 글로스터가 바람을 피운 것으로 보기는 어렵고, 에드가의 어머니가 죽은 후 채 1년이 못 되어서 에드먼드를 얻었다고 보는 것이 타당하다. 9년 동안 외국에서 떠돌다가 잠깐 브리튼에 돌아온 에드먼드는 아버지의 체면을 지키기 위해 다시 밖으로 나가야 한다. 리어의 왕국 분할이 일어나고 에드먼드가 형 에드가를 음해하여 아버지의 재산과 직위를 가로채려는 극중 사건은 바로 이 시점에 시작된다. 셰익스피어는 극의 시작부터 두 집안의 갈등, 그것도 재산을 둘러싼 부모 자식 간의 갈등을 다룸으로써 오인에 의한 오판의 주제를 인간의 보편적이고 항구적인 문제로 끌어올리는 데 성공한다. 에드먼드가 자신의 음모를 성공시키기 위해서 사용하는 가장 효과적인 무기는 바로 쉽게 믿어 버리는 글로스터의 성격이다. 에드먼드와 달리 인간의 삶이 해와 달과 별과 같은 자연의 힘에 의해 지배된다고 믿는 글로스터는 매우 미신적인 숙명론자의 모습을 보인다. 딸들의 배은망덕이 사실은 리어 자신의 과격한 성격과 오판에서 비롯되었듯, 글로스터의 판단력 부족과 아들에 대한 불신은 에드먼드를 배신과 음모로 이끈다.

글로스터는 셰익스피어의 사극 시대와 본격적인 비극 시대를 잇는 연결 다리 역할을 하는 작품 「줄리어스 시저Julius Caesar」

의 브루투스와 유사한 인물이다. 이상주의자로 명분을 매우 중시하는 브루투스를 시저 살해 음모에 동참시키기 위해 캐스카는 시저의 위험을 알리는 로마 백성들의 편지를 브루투스의 정원에 몰래 던져 놓고, 이 편지를 주워 본 브루투스는 절대 군주로 군림하려는 시저가 로마의 공화정을 종식시키고 결국은 알에서 깨어나온 독사들처럼 인민의 자유를 속박할 것이라 예단하고 살해 음모에 동참할 결심을 하게 된다. 여기서 〈편지letter〉란 곧 〈글자들의 조합letters〉인데, 이것이 인민들뿐 아니라 캐스카와 같은 음모자에 의해서 조작될 수 있다는 사실을 브루투스의 이상주의는 인정하지 못한다. 이상주의자들에게 문자는 곧 글쓴이의 의도를 왜곡 없이 고스란히 전달하는 수단 이상이 될 수 없다. 길거리에서 즉흥적으로 구전되던 연회나 유희가 극장이라는 닫힌 공간 속에 가두어지기 시작한 시대적 전환기에 셰익스피어는 입에서 손으로, 말에서 문자로 변화되는 문자 문화의 위험과 그 매개적 성격이 자칫 초래할 조작의 가능성을 누구보다 예리하게 직시하고 있었다. 이것은 인쇄 문화의 발달과 함께 〈문자로 기록하는 사람〉인 작가의 저작권이 표절로 언제라도 침해될 수 있다는 위험에 대한 인식과 궤를 같이하는 현상이다. 이상주의자 브루투스와 마찬가지로 글로스터는 에드먼드가 조작한 편지의 필체만 보고 완전히 에드가의 것으로 믿어 버린다.

조작된 편지 때문에 아들을 버린 글로스터가, 역시 편지 때문에 두 눈이 뽑히는 참형 — 오판에 대한 징벌의 성격이 강한 — 을 당한다는 점은 아이러니하다. 뛰쳐나간 리어 왕을 들이지 말라는 콘월과 리건의 명령을 어기며 횃불을 들고 폭풍우 치는 광야로 리어를 찾아나선 글로스터의 두 눈이 뽑히는 것은 그들의 명령을 어긴 탓도 있었지만, 도버로 상륙한 코딜리어의 군대와 편지를 주고받으며 내통했다는 것이 주된 이유이다. 결국 글로스터가 징벌을 당하는 이유는 〈편지를 본 죄〉인 셈이다. 코딜리어가 교수대에 목매달려 죽임을 당하는 것도 에드먼드가 자신의 부하 장교에게 써 보낸 편지 명령서에 의해서이다. 이 작품에서는 말보다 글이 의사 전달의 보다 확실한 수단으로 자리 잡고 있음을 알 수 있는 대목이다. 귀에 의존하는 말에 비해 글은 눈에 의존하며, 말이 종합적인 데 반해 글은 훨씬 분석적이다. 따라서 분석적이고 계산적인 능력에 의존하는 편지(문자)에 의해서 글로스터 같은 노인들이 쉽게 속아 넘어가는 것은 상당한 설득력을 갖는다. 이는 마치 구전 문화에 익숙한 채 살아온 옛 세대가 새로운 기계 문명과 문자 문화에 적응하지 못해 사라지는 모습을 보는 듯하다. 사실 마지막에 에드가 말하듯이 이 작품에는 리어, 켄트, 글로스터 등으로 상징되는 구세대와 에드먼드, 리어의 딸들로 대표되는 신세대 간의 갈등이 크게 부각되어 있으며, 옛 세대의 인물이나 그들의 가치관을 대변하는 인물은 하나같이 사라지고 마는 것이다.

실명한 글로스터가 거지 톰으로 변장한 아들 에드가의 손에 이끌려 도버의 절벽으로 가는 길은 스스로 눈을 뽑아 버린 오이디푸스가 딸의 손에 이끌려 콜로누스로 가는 영혼의 순례 길과 비슷하다. 눈이 멀쩡할 때 오히려 눈먼 장님처럼 넘어졌다는 자책감에 절망한 글로스터는 절벽에서 뛰어내려 자살하고 싶은 마음뿐이다. 그리고 글로스터가 절벽에서 뛰어내리는 가공할 장면에서 셰익스피어는 다시 눈과 판단의 문제를 들고 나온다. 거지 톰은 절벽 아래가 아니라 평평한 언덕에서 아버지를 뛰어내리게 하고는 그가 실제로 절벽에서 뛰어내린 것처럼 이번에는 귀를 속인다. 이제 거지 톰이 아니라 해안가를 거닐던 농부로 변신한 에드가는 그럴듯한 연극을 꾸민다. 그가 바닷가에 떨어졌지만 하늘의 도움으로 상처 하나 없이 멀쩡하다며 너스레를 떠는 것이다. 눈속임, 즉 환상을 창조하여 재미를 가져다주는 연극의 기능을 대변하는 에드가는 연극이 본질적으로 눈속임에 근거하지만 그것이 유익한 목적을 위한 것임을 강조함으로써 연극의 효용을 변호한다.

글로스터가 죽으려고 떨어질 때 그의 몸에서 악귀들이 빠져나갔다는 에드가의 주장은 1604년 청교도 목사 사무엘 하스넷 Samuel Harsnett이 그의 저서 『교황파의 엄청난 사기극의 폭로A Declaration of Egregious Popish Impostures』에서 규정한 내용, 즉 〈가톨릭 신부들이 독점하고 있던 종부 성사와 같은 성례 의식은 무대 위 배우들이 펼치는 일종의 눈속임과 같은 종류의 사기극〉이라는 반가톨릭 정서를 이용한 것이다. 사람이 미치는 것은 악령이 영혼 속으로 들어와 있기 때문이며 이 악령을 축출하는 의식은 가톨릭 성직자들의 몫이다. 그런데 청교도들의 입장에서 보면 이러한 축귀 의식 자체가 연극과 전혀 다르지 않은 놀이에 불과하다는 것이다. 셰익스피어는 글로스터가 평지에 코를 박고 쓰러지는 그로테스크하고도 희극적인 장면에서 에드가의 입을 통해 하스넷의 반가톨릭 담론을 사용한다. 다만 이러한 전유가 정작 가톨릭에 대한 비판으로 이어지는지, 아니면 그러한 반가톨릭 담론에 대한 일종의 은밀한 반론의 성격을 지니는지는 분명히 드러나지 않는다.

에드가는 자신이 아버지를 속이는 이유, 즉 일종의 연극을 연출하는 이유에 대해 아버지로 하여금 절망해서 죽어 버리겠다는 생각을 버리게 하기 위한 것이라며 자신을 정당화한다. 절벽에서 떨어지려 해도 하늘의 뜻이 아니면 죽을 수 없고, 그러므로 인내하며 살아야 한다는 교훈을 얻게 하려는 올바른 목적을 위한 것이므로 속임수도 정당화될 수 있다는 것이다. 그러나 이런 목적이라면 가톨릭 사제들이 정신 이상자의 영혼을 치유하기 위해 벌이는 연극적인 축귀 의식 또한 사기극이라 매도할 수 없을 것이다. 더군다나 에드가의 바람과 달리 글로스터는 절벽 위 투신 사건을 계기로 〈신들은 인간을 노리개와 같이 여기며, 어린아이들이 파리를 잡아 가지고 놀다가 싫증이 나면 날개를 찢어 죽이듯 인간을 대한다〉는 절망적인 비관론을 더욱 굳히지 않는가. 리어와 코딜리어가 에드먼드의 포로가 되었다는 소식에 글로스터가 갖게 되는 첫 번째 생각은 자신이 쉬고 있던 벌판의 나무 그늘 아래에서 그대로 썩어 없어져 버리는 것이다. 에드가가 의도한 연극의 목적은 적어도 극 중에서는 실패한 셈이다. 각각 어떤 식으로든 절망 가운데서 죽는 리어와 고너릴과 리건처럼, 글로스터는 아들 에드가를 다시 찾은 기쁨과 리어와 코딜리어를 잃은 슬픔 사이에서 심장이 터져 죽는다. 언젠가 하늘의 정의가 실현되리라는 독자의 기대는 유토피아에 대한 꿈을 전하는 바보광대의 예언처럼 계속해서 절망으로 수렴된다. 이 때문에 「리어 왕」을 지배하는 주도적인 정조는 결국 절망과 보편적인 고통인 것이다.

「리어 왕」은 셰익스피어의 4대 비극 가운데 가장 절망적인 작품이며, 그 절망은 눈으로 상징되는 인간의 이해와 판단의 어려움에서 기인한다. 홀로코스트 이후 가장 세련된 작품으로 이 비극이 재해석되어 온 것도 인간의 이성적인 이해를 넘어서는 이 절망의 분위기 때문이다. 눈으로 보는 것이 전부가 아니고 듣는 것이 전부가 아니기에 보이는 것들을 넘어서는 통찰, 침묵을 언어의 영역으로 끌어들일 수 있는 상상력, 나를 넘어설 수 있는 공감의 힘이 동반될 때야 비로소 우리는 전체를 보며 온전한 판단을 할 수 있을 것이다. 계량화로 치닫는 분석적이고 탐욕적인 기술 문명 시대의 초입에서 셰익스피어는 정서적 판단의 중요성을 강조한다. 느낌이 사라진 도구적 이성은 결국 인간을 잡아먹는 식인 괴물이 될 것이기 때문이다. 소포클레스의 비극 「오이디푸스 왕」의 후예인 「리어 왕」에서 셰익스피어는 〈내가 누구라고 말할 수 있는 자 누구냐?〉 혹은 〈너는 누구냐?〉와 같은 존재론적인 질문을 덤짐으로써 우리를 심연의 바닥까지 끌어 내리기도 하지만, 동시에 그 심연에서 끌어 올리는 부양정의 모습으로 우리 앞에 선다. 최악은 최악이라고 말하는 순간 최악이 아니며, 또 다른 최악 옆에서 위안을 얻고 희망으로 변화하기 때문이다. 이 작품이 극작가 에드워드 본드Edward Bond나 소설가 제인 스마일리 Jane Smiley 같은 작가들에 의해 계속해서 다시 쓰기의 대상이 되는 이유도 인간의 존재론적인 탐구와 함께 새로운 가능성으로 열려 있기 때문일 것이다.

번역은 케네스 뮈어Kenneth Muir가 편집한 아든Arden판 셰익스피어를 저본으로 삼았다. 경우에 따라서는 다른 판본들을 참고했지만 대체로 뮈어의 주석과 해석의 풍부함을 벗어나지 못한다. 가능한 한 아든판의 행수를 지키려 했고 주석은 최소화했다. 독자로서도 역자들의 지나친 친절은 사실상 경계해야 할 일이리라. 번역하는 내내 옆에서 지켜 준 지아에게 감사를 전한다. 리어, 그 절망의 광시곡이 폭풍우 그친 광야에서 내 마음의 폭풍우로 계속 울어 대고 있다.

박우수

윌리엄 셰익스피어 연보

1558년 엘리자베스 1세 등극.

1564년 출생 영국 스트랫퍼드어폰에이번에서 부유한 상인인 존 셰익스피어John Shakespeare와 메리 아든Mary Arden의 셋째 아이이자 장남으로 윌리엄 셰익스피어William Shakespeare 태어남. 4월 26일 세례를 받음. 동료 작가 크리스토퍼 말로Christopher Marlowe도 이해에 태어남.

1573년 9세 후에 사우샘프턴 백작Earl of Southampton이 되어 셰익스피어를 후원하는 헨리 리즐리Henry Wriothesley 태어남.

1576년 12세 영국 최초의 공공 극장인 〈씨어터 극장The Theatre〉이 건립됨.

1582년 18세 여덟 살 연상인 앤 해서웨이Anne Hathaway와 결혼.

1583년 19세 장녀 수잔나Susanna 태어남. 5월 26일 세례를 받음.

1585년 21세 쌍둥이 아들 햄닛Hamnet과 딸 주디스Judith 태어남.

1587년 23세 영국으로 망명와 있던 스코틀랜드의 메리 여왕Mary Stuart이 반란 혐의로 처형됨.

1588년 24세 프랜시스 드레이크 경Sir Francis Drake이 스페인의 무적함대인 아마다Armada를 무찌름.

1589년 25세 「헨리 6세Henry VI」 제1부 집필.

1590~1591년 26~27세　「헨리 6세」 제2부와 제3부 집필.

1592년 28세　극작가 로버트 그린Robert Greene이 〈많은 후회로 얻은 서푼짜리 기지A Groatsworth of Wit bought with a Million of Repentance〉라는 제목의 팸플릿에서 셰익스피어의 유명세를 비난함. 런던에 흑사병이 창궐하여 7월부터 1594년 6월까지 극장 폐쇄. 극단들은 지방 순회공연을 다님. 「리처드 3세Richard III」, 시집 『비너스와 아도니스*Venus and Adonis*』, 「실수 희극The Comedy of Errors」 집필.

1593년 29세　후원자인 사우샘프턴 백작에게 헌정한 『비너스와 아도니스』 출간. 「타이터스 앤드로니커스Titus Andronicus」, 「말괄량이 길들이기The Taming of the Shrew」 집필.

1594년 30세　시집 『루크리스의 겁탈*The Rape of Lucrece*』 출간, 역시 사우샘프턴 백작에게 헌정함. 「베로나의 두 신사Two Gentlemen of Verona」, 「사랑의 헛수고Lover's Labour's Lost」, 「존 왕King John」 집필. 여왕의 전의(典醫)인 로페즈Rodrigo López가 여왕 독살 혐의로 처형됨. 〈궁내 장관 극단The Chamberlain's Men〉이 창설됨.

1595년 31세　「리처드 2세Richard II」, 「로미오와 줄리엣Romeo and Juliet」, 「한여름 밤의 꿈A Midsummer Night's Dream」 집필.

1596년 32세　아버지 존 셰익스피어가 문장(紋章) 사용을 허가받아 〈신사〉로 서명할 수 있게 됨. 아들 햄닛이 사망함. 「베니스의 상인The Merchant of Venice」과 「헨리 4세Henry IV」 제1부 집필.

1597년 33세　스트랫퍼드의 대저택 뉴플레이스를 매입함. 「윈저의 즐거운 아낙네들Merry Wives of Windsor」 집필. 〈글로브 극장The Globe〉 설립.

1598년 34세　「헨리 4세」 제2부, 「헛소동Much Ado About Nothing」 집필.

1599년 35세　「헨리 5세Henry V」, 「줄리어스 시저Julius Caesar」, 「좋으실 대로As You Like It」 집필. 에섹스 백작The Earl of Essex이 아일랜드 평정에 실패한 후 여왕의 명에 반하여 귀국했다가 연금됨. 풍자물 출판 금지령이 선포됨.

1600년 [36세] 「햄릿Hamlet」 집필.

1601년 [37세] 1600년에 석방된 에섹스 백작이 쿠데타를 일으키기 전날 밤 「리처드 2세Richard II」의 공연을 요청함. 쿠데타 후 에섹스 백작은 반란죄로 처형되고 셰익스피어의 후원자인 사우샘프턴 백작도 이 반란에 연루되어 수감됨. 「십이야Twelfth Night」, 「트로일로스와 크레시다Troilus and Cressida」 집필.

1602년 [38세] 「끝이 좋으면 다 좋아All's Well That Ends Well」 집필.

1603년 [39세] 엘리자베스 1세 사망. 스코틀랜드의 제임스 6세가 제임스 1세로 등극하여 스튜어트 왕조 시작. 〈궁내 장관 극단〉의 명칭이 〈왕의 극단King's Men〉으로 바뀜.

1604년 [40세] 「자에는 자로Measure for Measure」, 「오셀로Othello」 집필.

1605년 [41세] 「리어 왕King Lear」 집필. 11월 5일 제임스 1세의 가톨릭 박해 정책에 항거하여 영국에서 가톨릭교도들이 의사당 지하실에 화약을 묻어 놓고 제임스 1세의 가족과 대신, 의원들을 죽이려 한 이른바 〈화약 음모 사건Gunpowder Plot〉이 발생함.

1606년 [42세] 화약 음모 사건의 주동자인 포크스Guido Fawkes와 예수회 신부 가네트Henry Garnet가 처형됨. 「맥베스Macbeth」, 「안토니와 클레오파트라Antony and Cleopatra」 집필.

1607년 [43세] 「코리오레이너스Coriolanus」, 「아테네의 타이먼Timon of Athens」, 「페리클레스Pericles」 집필.

1609년 [45세] 「심벌린Cymbelin」 집필. 『소네트집*Sonnets*』 출간.

1610년 [46세] 「겨울 이야기Winter's Tale」 집필.

1611년 [47세] 「태풍Tempest」 집필.

1612년 [48세] 존 플레처John Fletcher와 함께 「헨리 8세Henry VIII」 집필.

1613년 [49세] 존 플레처와 「고결한 두 친척The Two Noble Kinsmen」 집필.

「헨리 8세」 공연 중 화재로 글로브 극장이 소실됨.

1614년 50세 글로브 극장 재개관.

1616년 52세 딸 주디스 결혼. 4월 23일 윌리엄 셰익스피어 사망.

1623년 셰익스피어의 아내 앤 해서웨이 사망. 존 헤밍John Heminges과 헨리 콘델Henry Condell에 의해 36개의 극이 수록된 최초의 극전집 『제1이절판*The First Folio*』 출간.

열린책들 세계문학 201 리어 왕

옮긴이 박우수 한국외국어대학교 영어과를 졸업하고 서울대학교 대학원 영어영문학과에서 문학 박사 학위를 받았다. 충북대학교 영어영문학과 교수를 지내고 현재 한국외국어대학교 영어과 교수로 재직 중이다. 지은 책으로 『셰익스피어와 인간의 확장』, 『종교개혁과 르네상스 영문학』, 『수사학과 말의 힘』, 『수사적 인간』 등이 있고, 옮긴 책으로 『포스터스 박사의 비극』, 『수사학의 철학』, 『인문과학의 수사학』(공역), 『베니스의 상인』, 『안티고네』, 『새로운 인생』, 『햄릿』, 『소네트집』 등이 있다.

지은이 윌리엄 셰익스피어 **옮긴이** 박우수 **발행인** 홍예빈·홍유진
발행처 주식회사 열린책들 **주소** 경기도 파주시 문발로 253 파주출판도시
전화 031-955-4000 **팩스** 031-955-4004 **홈페이지** www.openbooks.co.kr
Copyright (C) 주식회사 열린책들, 2012, *Printed in Korea.*
ISBN 978-89-329-1201-1 04840 **ISBN** 978-89-329-1499-2 (세트)
발행일 2012년 3월 1일 세계문학판 1쇄 2024년 7월 5일 세계문학판 7쇄

이 도서의 국립중앙도서관 출판예정도서목록(CIP)은 서지정보유통지원시스템 홈페이지(http://seoji.nl.go.kr)와 국가자료공동목록시스템(http://www.nl.go.kr/kolisnet)에서 이용하실 수 있습니다.(CIP제어번호:CIP2012000768)

열린책들 세계문학
Open Books World Literature